세상의 끝과 부재중 통화

세상의 끝과 부재중 통화

1판 1쇄 발행 2022년 3월 25일
1판 3쇄 발행 2023년 8월 17일

엮은이   설은아
발행처   (주)수오서재
발행인   황은희 장건태
책임편집   박세연
편집   최민화 마선영
디자인   권미리
마케팅   황혜란 안혜인
제작   제이오
주소   경기도 파주시 돌곶이길 170-2 (10883)
등록   2018년 10월 4일 (제406-2018-000114호)
전화   031 955 9790
팩스   031 946 9796
전자우편   info@suobooks.com
홈페이지   www.suobooks.com
ISBN   979-11-90382-59-5 (03810) 책값은 뒤표지에 있습니다.

도서출판 수오서재守吾書齋는 내 마음의 중심을 지키는 책을 펴냅니다.

세상의 끝과 부재중 통화

차마 하지 못한 말들은 모두 어디로 가는 걸까

설은아 엮음

수오서재

To.

10만 통의 익명의 목소리들과
54만 번 그 이야기를 들어준
알 수 없는 누군가에게

차마 하지 못한 말들이 있다.

이 세상에 분명히 존재하지만, 어디에도 보이지 않는 것들.

언제나 그 이야기들이 궁금했다.

도대체 어떤 이야기가 숨어 있을까?

만약 우리가 서로를 향해 돌아앉아,

감춰왔던 이야기를 솔직히 나눌 수 있다면 어떻게 될까?

언제부턴가 궤도가 정해진 행성처럼 나에게 끌려온 이 질문,

그에 대한 마중으로 〈세상의 끝과 부재중 통화〉라는 작업을 했다.

이것은 그 여정을 담은 3년 동안의 스토리텔링이다.

차마 말하지 못해

'부재중 통화'가 되어버린 이야기,

당신에게도 있나요?

2018년 12월부터 2021년 12월까지
총 97,934통의 부재중 통화가 수신되었다.

차마 '하지 못한 말'들은
어디로 가는 걸까?

우리는 자기만의 창으로 세상을 본다. 유리창 너머 사람들은 언제나 그렇듯, 오늘도 아무 문제없이 잘 살아가는 것 같다. 손 안의 작은 창으로 들여다보는 세상도 마찬가지다. 매일 업데이트되는 타인의 일상 속엔 나에게 있는 슬픔, 고통, 외로움 같은 건 없어 보인다. 나 또한 적당히 보여주고픈 삶을 편집하여 올리고, 감정을 감추는 일에 익숙해져 간다. 그래서일까? 언뜻 보이는 우리의 삶은 희극만 연출되고 비극 따윈 없는 연극 무대 같다. 하지만 이것이 진실일까.

✳

부모 없이 자란 걸 들킬까 봐
매일 말끔하게 옷을 차려입는 청년과,

고등학교 때 첫사랑을
20년째 끝사랑으로 간직 중인 성소수자.
'사랑하기 때문에'라는 SNS 프로필을 쓰는
평생 사랑 한번 못 해본 여인과,
갑상선암 투병을 숨기느라
목 끝까지 셔츠 단추를 채우고 출근하는 외벌이 가장.

　우연한 기회로 가까워져 문득 타인의 삶 속에 감춰진 이면을
보게 된 적이 있는가. 그럴 때 창밖의 지나가는 사람들을 바라보
고 있자면 '모두 자신만의 삶의 무게를 짊어진 채 살고 있겠지'라
는 생각과 함께, 에드워드 호퍼의 'Automat(1927)'라는 그림이 떠
오른다. 휴게소에서 찻잔을 멍하니 응시하고 있는 그림 속 여인
처럼, 타인은 모르는 자신의 아픔을 홀로 마주하고 있을 사람들.
　만약 달의 반대편처럼 보이지 않게 감춰둔 이야기들을 서로를
향해 돌아앉아 함께 나눌 수 있다면 어떻게 될까?

＊

　하지만 누군가에게 속마음을 터놓는다는 게 쉬운 일은 아니
다. 가까운 사람보다 낯선 나라에서 우연히 스치는 여행자에게
오히려 속마음을 고백하기 더 편할지도 모른다. 거기엔 어떠한
선입견도 후처리도 필요 없는 홀가분함이 있다. 진정한 소통 한
조각으로 연결될 때 우리는 서로의 치유자가 될 수 있다.

여기, 이 세상의 누군가를 향해 자신의 '하지 못한 말'을 꺼낸 10만 통의 부재중 통화가 있다.

"이제 당신이, 누군가의 낯선 여행자가 되어줄래요?"

여러 대의 아날로그 전화기가 보입니다.
누군가를 기다리는 듯 벨이 울리고 있습니다.

한 다이얼 전화기 앞에 다가가 봅니다.
'누군가의 부재중 통화를 받아보세요'라는 글이 적혀 있습니다.
조심스레 수화기를 들어보니
잠시 후 누군가의 목소리가 들려옵니다.
떨리는 목소리, 망설이는 목소리, 울먹이는 목소리가 들립니다.
인생 살기 힘들다며 고통스러워하는 사람,
헤어진 연인을 여전히 그리워하는 사람,
엄마를 부르고 차마 말을 잇지 못하는 사람.

수화기 너머의 사람이 누군지는 모르지만,
그들의 짧고 긴 고백에 귀를 기울이게 됩니다.
이 목소리는 어디에서 들려오는 걸까요?

이제는 거리에서 사라져버린 공중전화 부스가
공간 한쪽 편에 자리하고 있습니다.
공중전화 부스 안으로 들어가면
이런 글이 보입니다.

"차마 말하지 못해
부재중 통화가 되어버린 이야기,
당신에게도 있나요?
이제 누군가는 들어주었으면 하는
당신의 '하지 못한 말'을 남겨주세요.
당신의 마음이 홀가분해지는
그 어떤 말도 괜찮습니다."

요금을 넣을 필요도, 전화번호를 누를 필요도 없습니다.
공중전화 수화기를 들면 녹음을 알리는 소리가 흘러나오고
하고 싶은 말을 남기면 됩니다.
당신은 누구에게, 어떤 말을 전하고 싶은가요?
누군가는 들어주었으면 하는
당신의 부재중 통화는 무엇인가요?
이곳에 남겨진 이야기들은 데이터화되어 공중전화 부스 밖,
우연히 수화기를 든 누군가에게 랜덤하게 전달됩니다.

전시가 끝나면, 남겨진 이야기들을
세상의 끝에 놓아주는 의식이 진행됩니다.
2018년 처음으로 모여진 부재중 통화들은 2019년,
지리적 세상의 끝인 아르헨티나 우수아이아의 바람 속에
자유롭게 놓아졌습니다.

이후 2021년까지 모인 통화들은
사하라 사막의 고요 속으로 흩어질 예정입니다.

책에 등장하는 부재중 통화들은
상대방이 듣지 못해도 닿길 바라는 목소리들입니다.
나이도, 성별도 알 수 없는 누군가의 이야기가
당신에게 작은 파동으로 다가가길 바랍니다.

차 례

일러두기

책에 실린 목소리들은 이 세상의 누군가는 들어주길 바라며
남겨진 '하지 못한 말'들로, 이야기 속 특정 이름 및 지명 등은
모두 가명으로 대체하였습니다.

저는 우는 어른이 되려고 해요

오늘 사랑니를 뽑으면서 눈물이 났는데, 원초적인 무서움이라고
해야 되나? 그런 거 있잖아. 어렸을 때 병원 가기 무서워서 눈물
나는 거. 근데 어른되니까 꾹 참아야 했는데 오늘은 그게 터진
거 같아. 그 원초적인 무서움이, 어떤 아픔에 대한 서러움이
눈물로 북받쳐서 엉엉 울었단 말이야. 왜 이럴까 생각해봤는데,
그동안 아픈 게 약간 잽잽 수준으로 들어오니까 참을 수 있었던
거야. 오늘은 이게 너무 힘들었던 거지. 눈물이 나더라, 애기
때처럼. 아무튼 진짜 27년 살면서 초등학교 때부터 지금까지
통틀어서 제일 엉엉 운 거 같다. 난 아직 앤가 봐.

90,025번째 통화

잘 있니? 엄마야. 너 간 지 벌써 4년 하고 7개월 정도 되네.
김 서방이 연애를 시작했나 봐. 엄마는 섭섭하지만 너도
김 서방 연애 시작한 거 괜찮지? 어떻게 새 여자를 안 만나겠냐.
규영이는 잘 있어. 잘 크고 있어. 이제 1학년이야. 엄마 일 많이
잊어버렸겠지? 우리 집에는 가끔씩 오고 있어. 딸아. 엄마
갈 때까지, 엄마 너 찾아갈 때까지 잘 있어.

21,903번째 통화

윤아. 작년 겨울에 네가 죽고 싶다고 말했을 때 그때 술도 많이
마시기도 했지만 내가 같이 죽자고 했던 거 진심이었어.
그 뒤로 너를 못 봤는데, 불행하더라도 네가 오래오래 살았으면
좋겠어. 진심이야.

60,012번째 통화

할아버지, 잘 있지? 할아버지 맨날 나한테 자기 죽으면 아무도
안 울어주겠다고 했는데 우리 가족 다 울었다. 나는 지하철에서
너무 많이 울어서 사람들이 다 쳐다볼 정도로 울었다. 내가
할머니 방에서 놀고 있는데 문 열고 들어와서 "너는 왜 맨날
할머니랑만 있냐"라고 했을 때 그냥 쳐다만 보고 그렇지 않다고
대답 못 해서 미안해. 할머니 건강하시게 할아버지가 옆에서 잘
지켜줘.

736번째 통화

정현아, 형이야. 벌써 2019년이고 조금 있으면 2020년인데
되게 오래됐네. 간다고 했는데 못 가서 미안해. 이번에는 꼭
찾아갈게. 소주도 새로 나왔고, 맛있는 담배도 많이 나왔어.
이번에 갖다 줄게. 또 보자. 저번에 술 먹고 네 얘기하면서
울어서 미안하다.

36,244번째 통화

1년 치 카드값 누가 두 번만 내주세요.
힘들어 죽을 거 같아.

4,313번째 통화

저는 가수 지망생입니다. 거의 한 4년 동안 준비를 해왔는데요,
한 번도 된 적이 없어요. 지금 제가 걸어가고 있는 길이 맞는
길인지 제가 가수가 될 수 있을지. 혹시 저와 같은 고민이
있으신 분이 이 전화를 들으신다면 그래도 조금 위로를
얻으셨으면 좋겠습니다.

5,340번째 통화

엄마, 엄마 딸 여자친구 있어. 이렇게라도 말하고 싶었어.
사랑해.

74,838번째 통화

나도 사랑받고 싶고 사랑하고 싶은데 나를 사랑해주는 사람이
한 명도 없네. 만날 수 있을까. 여태 없었는데 앞으로 있을까.
다들 연애도 잘하고 사랑도 잘하고 일도 잘하는데 속상하다.
나도 그렇게 당찼으면 좋겠다. 할 말 다 하고 당찼으면 좋겠다.
내가 너무 바보같이 사는 것 같다. 나이가 너무 많다. 인생이
백 년이면 반을 살았는데 이게 뭐하는 짓이야. 가진 건 없고
빚만 가득하네. 내가 하는 일은 재밌고 좋은데 내가 재밌어하는
만큼 아무도 인정해주지도 않고 가치도 없어지는구나. 돈으로
가치를 매길 수 없는 거지만 속상할 때가 많다. 의미 없는 삶을
50년 살았는데 더 살아야 할 필요가 있을까. 나를 사랑할 수
없는 내가 바보 같고 속상하다. 너무 화나. 어떻게 다들,
저렇게 사는지 모르겠다.

54,700번째 통화

26

열아홉 살이에요. 수시가 끝난 내년이면 대학생이 되는 고3입니다. 대학이 목표는 아니었는데 어쨌든 원하는 대학에 가게 되어서 좋아요. 그런데 12년 동안 달려온 결과가 이거밖에 안 되나 싶은 마음에 허망할 때가 많아요. 학교생활을 해오면서 정신병원에 간 적도 있었고, 학교 가기 싫어서 등교 거부한 적도 있었고 힘들었던 날들이 많았는데. 그냥 많이 힘들었다고 이야기하고 싶었어요.

43,712번째 통화

부족한 삶이지만 행복하고 싶어.

81,580번째 통화

아빠, 몇 주 전에 아빠 기일이었는데 나 그날 생각도 못 했던 거
있지? 너무 바빴다는 사실은 핑계가 안 되겠지만. 나 솔직하게
말해서 지금 잘 못 지내. 너무 막막할 때는 아빠가 있었으면
어땠을까, 아빠는 뭐라고 말해줬을까, 그런 생각을 할 때가
있어. 아빠 낚시 좋아하니까 아빠랑 낚시도 가고 싶었는데.
왜 항상 나는 한발 늦는지 모르겠다. 아빠 아플 때 마지막에
내가 다리 많이 못 주물러줘서 미안해. 아빠 가던 새벽에
연락받고 집에 있다가 병원 가는 길 내내 손난로로 손 녹이면서
가고 있었거든. 차가운 손으로 잡아줄 수가 없으니까. 아빠가
내 손 잡는 거 좋아했잖아. 근데 그 마지막 온기 못 전해줘서
미안해. 자식이 얼마나 이기적인지 나 아쉬울 때만 더 생각나는
거 있지? 나 아프니까, 감기 걸리니까 더 보고 싶더라.
아빠, 내 방에서 달이 되게 밝게 잘 보이거든? 난 달 볼 때 항상
아빠가 거기 있을 거라고 생각하면서 달을 본단 말이야.
이렇게 딸이 잊지 않고 있다는 거 알아줬으면 좋겠고, 아빠 딸
씩씩하게 잘 살아낼 테니까 걱정하지 마요.

47,080번째 통화

가끔은 너무 우울해서 물속에 잠긴 것 같은 기분이 들 때가
있어. 근데 그게 왜 나쁜 건지 사실 잘 모르겠어. 나는
우울했다가도 괜찮아질 거고 물속에 잠겼다가도 햇빛에
마를 텐데.

28,002번째 통화

엄마가 나한테 좀 기댔으면 좋겠는데 아직은 내 어깨가 많이
작은가 봐. 그래서 어깨를 열심히 키우려고 노력 중인데 이제는
엄마가 나한테 기댔으면 좋겠어.

61,364번째 통화

아빠가 옛날에 양주 모은 거 집에 있는데 기억나? 나 어른 되면 같이 먹는다고. 근데 그거 혼자 먹게 생겼어. 살아 계셨을 때 사랑한단 말 못 해서 진짜 미안하고 진짜 많이 사랑해 아빠.

42,883번째 통화

다음 생에는 안 태어나고 싶어요.
억지로 살거든요 지금도.

72,231번째 통화

푸딩아 너랑 나랑 같이 산 지가 벌써 17년이 다 되어간다. 너는 이제 완전히 할아버지가 됐고 잘 걷지도 못하고 앞도 잘 못 보지만 너는 그래도 내 평생 동생이야. 내가 많이 못 놀아줘서 늘 미안해. 무지개다리 건널 땐 우리 가족 다 있을 때 그때 갔으면 좋겠어. 아프지 말고, 밥 잘 먹고 건강해야 해.

19,201번째 통화

아이를 낳고 일에서도 멀어지다 보니까 어느 순간 나의
유능함은 사라지고, 사람들이 내가 그 무엇도 할 수 없는
존재라고 여기는 거 같아서 속상하고, 실제로 나도 이제는 그
무엇도 할 수 없을까 봐 두렵고 망설여지고, 꿈 많고 예뻤던
한 사람이 사라지는 거 같아서 속상하다.

41,002번째 통화

엄마, 엄마가 처음에 암에 걸렸다고 했을 때, 나도 그렇고 우리
가족들도 남들보다 더 슬퍼하지도 않고 더 놀라지도 않고 더
낙담하지도 않았던 거 같아. 엄마도 알겠지만 우리 가족들
성격상 크게 감정을 드러내는 편이 아니다 보니, 누구보다
엄마를 걱정하고 사랑하지만, 그 감정과 걱정을 표현하는 게
어색하고, 오히려 엄마를 더 걱정하게 만들까 봐 솔직하지
못했다는 걸 알아줬으면 좋겠어. 세상 그 누구보다 엄마를
사랑해. 오래오래 같이 살자.

37,769번째 통화

열심히 살고 싶지 않아요. 그래도 행복하게 살 수 있는
사회였으면 좋겠어요. 열심히 살았는데 이루어진 건 없었어요,
생각보다. 내일부터는 열심히 살아보지 않으려고 해요.

28,707번째 통화

할머니가 돌아가시기 이틀 전날 전화하셨는데 제가 못 받았어요.
아니 안 받았어요. 할머니 집에 심부름 가는 게 귀찮아서. 근데
할머니가 갑작스럽게 돌아가셔서 아직도 생각하면 눈물이
나는데, 이걸 아무한테도 말하지 못했거든요.

18,413번째 통화

엄마 나 어제 노래방에 갔는데 어떤 사람이 본인 아버지가
좋아했던 노래라고 불러줬다? 근데 나는 엄마가 뭐 좋아하는지
모르잖아. 그래서 엄마 좋아하는 노래도 몰라서 좀 슬펐어.

24,779번째 통화

저는 우는 어른이 되려고 해요. 저는 우는 게 힘들면서도 좋고
또 울음으로써 내 모든 게 터지는 기분이 들어요. 어른이 되면서
점점 우리는 울음을 참아야 하잖아요. 근데 저는 그런 세상에
맞춰가지 않고 계속해서 우는 어른이 되고 싶어요.

53,992번째 통화

내가 전학 왔을 때 네가 내 옆에서 묵묵히 있어줬던 그 기억이,
그래도 내가 살아가면서 누가 내 옆에 있었다는 느낌을 받게
해준 거 같아. 고마워.

20,739번째 통화

아빠, 나야. 왜 내가 존댓말도 하기 전에 먼저 갔어. 그래서
전화했어. 아직 못 한 말이 있어서. 아버지. 아버지. 아버지.

49,633번째 통화

나 사실 아무것도 안 하고 잠만 자고 싶어.

엄마 나 되고 싶은 게 없어.

63,144번째 통화

우리 엄마가 외할머니 많이 보고 싶어 해요. 엄마는 아닌
척하지만 매일 외할머니 보고 싶어 하는 거 알고 있었어요.
엄마가 외할머니 많이많이 보고 싶어 해요.

47,562번째 통화

지금은 내가 꿈이 없고 뭘 할지 몰라서 되게 방황도 많이 하는
것 같은데, 넌 다 잘 할 거야. 난 날 믿어. 미래의 내가 뭘 할지
진짜 모르겠는데, 주변 사람들한테 잘하고, 가족들한테도
잘하고, 나 자신한테도 잘하는 그런 내가 됐으면 좋겠어.
눈물 날 것 같아.

7,980번째 통화

그 나이에 의젓하게 상경하고 독립한 딸의 삶을 환영하고
축하해야겠지만, 마음속 허전함을 느끼는 건 사실이에요. 함께
살아가지 못하는 저는 가슴 한 켠이 아려오기도 해요. 그렇지만
이 허전한 마음을 수용하고 우리 딸이 자유롭고 독립적인
성숙한 어른으로 행복하게 잘 살 수 있도록 지원과 응원을 하고
싶어요.

48,267번째 통화

처음에 암에 걸렸을 땐 세상이 끝날 것같이 그랬는데,
겪고 나니까 막상 뭐든 쉽게 만들어준 거 같아.

60,798번째 통화

여러 번 죽으려고 해서 미안해, 엄마. 눈 떴을 때 항상 엄마가 있었잖아. 근데 왜 항상 날 살리나. 왜 나는 내 마음대로 죽지도 못하나. 이런 생각이 많이 들었던 거 같아. 참 내가 엄마한테 몹쓸 짓 많이 했다. 엄마 마음이 어땠을까. 하지만 지금 살아서 결혼도 하고 아이도 낳고 내가 엄마가 되어 있어. 사실 지금도 많이 힘들고 많이 우울한데, 그래도 그때 봤던 엄마 얼굴이랑 지금 내 옆에서 꺄르르 웃고 있는 아이를 보면, 그래도 내가 살아야겠다, 조금만 더 살아보자는 생각이 들어. 엄마 덕분에 살아. 그러니까 엄마도 잘 살자. 우리 같이 잘 살자.

40,581번째 통화

전 한 번도 진실되게 살아본 적이 없는 거 같아요. 항상
제 우울함을 숨기고 쾌활한 척 가면을 쓰고 있는 거 같아요.

46,244번째 통화

사랑하는 게 너무 어려워요. 내가 좋아하는 사람은 나를
좋아해주지 않으니까 그게 너무 슬픈 것 같아요. 그거를 딛고
나중에는 꼭 사랑을 하고 싶어요. 내가 좋아했던 애들은 다 나랑
같은 동성이었거든요. 세상의 기대에 부응하지 않고 그냥 나의
기대에 부응하면서 살도록 하겠습니다.

770번째 통화

오십 평생 살면서 힘든 일이 많았지만 남은 날이 더 힘들지 모르지만, 하고 싶은 말이 있습니다. 이제 그만 착하고 싶고 그만 잘되고 싶고 엔딩이 좋아야 한다는 강박감을 놓아버리고 싶습니다. 나에게만 강요된 상황을 거부할 수 있는 힘을 갖고 싶습니다. 당신들이 나빴으니까. 내가 착해야 한다는 강박감을 놓아버리고 싶습니다. 우리는 너무 착해야 되고, 너무 행복해야 되고, 그러다 자기 인생이 떠나가는 줄 모르고 살고 있습니다. 당신들이 나빴으니까. 그거 이제 받아줄 수 없습니다.

48,425번째 통화

있잖아, 아프지 마. 다른 거는 내가 다 어떻게든 해볼 테니까. 아프지만 마. 나보다 먼저 가면 안 돼. 알겠지?

43,101번째 통화

나는 어렸을 때 살던 동네가 너무 그리운데, 그 동네가 그리운 건지, 그때의 내가 그리운 건지 잘 모르겠어. 할머니 할아버지도 살아 계시는 그 동네에서 다시 살고 싶어.

20,902번째 통화

누군가를 좋아하는 것보다 싫어하는 게 더 쉬워졌어요.

75,755번째 통화

엄마, 내가 신호등에서 못 본 척하고 저리 가라고 피해 다니고
옆에 못 오게 하고 그래서 미안해. 친구들이 놀리는 게 싫었나
봐. 내가 왜 그랬을까 후회도 되고 앞으론 엄마한테 잘할게.

49,190번째 통화

지금 취준생입니다. 경력은 있지만 물경력이고, 면접은 보지만
늘 최종에서 떨어져요. 면접관들이 여자라고 결혼 물어보고,
개인적인 거도 많이 물어보더라고요. 자괴감, 수치심 그런
게 있네요. 너무 우울하지만 남자친구한테 티를 못 내요.
남자친구도 취준생이거든요. 어쩌다 둘이 비슷한 시기에 퇴직을
하게 돼서 답답하네요. 그래도 중간에 알바를 하니까 나아지긴
하는데, 뭐랄까 변하지 않는 느낌. 이대로일 거 같은 느낌.
집에서 눈치를 주지는 않는데.

2,100번째 통화

내가 더 잘해주지 못해서 미안해. 아빠 힘든 것도 알아주고 화도

안 내고 그랬어야 하는데. 혼자 너무 힘들게 둔 거 같아서….

울 거 같아서 말 안 할래요.

35,582번째 통화

누가 들을 수 있으니까
작게 말하는 겁니다

지금부터 말할게요. 누가 들을 수 있으니까 작게 말하는
겁니다. 부끄러워서 작게 말하는 건 아니에요. 자신감이 너무
떨어졌어요. 생각보다 늦은 나이이기도 하고 얼굴도 그렇고
나에 대한 자신감이 많이 없어요.

59,998번째 통화

나 사실 오빠 직업 보고 결혼했어요.
가끔 돈으로만 보이기도 해.

41,103번째 통화

오랜만에 설레게 하는 사람이 생겨서 오늘 연락했는데요,
그 사람은 내가 마음에 들지 않았나 봐요. 아쉽고 부끄럽지만
오늘 하루만큼은 용기 낸 나한테 박수 쳐주고 싶어요.

19,500번째 통화

올해 혼자 처음으로 여행을 갔는데 비싼 직항 왕복 티켓을 끊어
놓고 출국 시간을 잘못 알아서 비행시간을 놓쳤다. 근데 그 말은
아무한테도 못 했다. 창피해서…. 그래도 여행은 즐거웠다.

40,739번째 통화

내 딸이지만 너무 속상하다. 어쩜 그렇게 자기중심적이니.
이해를 못 하겠어. 본인이 잘못하고도 오히려 더 큰소리를
치고 있으니 어쩌자는 거야. 너는 너를 너무 사랑하는 거 같아.
남들도 사랑해줬으면 좋겠다. 제발 부탁이야.

58,013번째 통화

여자친구랑 오랜만에 서울 놀러 왔는데 사진 찍기를 정말
좋아하는 친구예요. 벌써 100장 정도 찍은 거 같아요. 땀이 너무
나고 다리가 아프기 시작하고요, 손이 떨리기 시작했습니다.
각도가 그렇게 중요하니? 오늘 축구한 거 같아. 축구할 때도
이거보다 힘들진 않았어. 어떤 운동보다 땀을 가장 많이 흘리고
있어. 내 다이어트는 너 사진 찍어주는 거랑 같다고 보면 될 거
같아. 그래도 죽을 때까지 사진 이쁘게 찍어줄게.

13,004번째 통화

저희 언니는 우울증을 가지고 있습니다. 그래서 자해도 하고
자살 시도도 몇 번 했는데 약도 먹고 병원도 가는데 좀처럼
나아지지 않습니다. 항상 언니가 죽으면 어떡하지? 어느 날 언니
방문을 열었는데 언니 다리가 보이면 어떡하지? 이런 생각을
종종합니다. 엄마 아빠도 그것 때문에 걱정하고 힘들어하는데,
제가 언니랑 약간 친한 사이라서 엄마 아빠는 저에게 많이
의지하는 편입니다. 밖에 나가기 싫어하는 언니를 설득해서
나가보라고 시키거나, 침대에서 일어나지 않는 언니를 기분
나쁘지 않게 깨워달라고 종종 부탁을 합니다. 근데 사실 저도
모르는 척하고 싶고, 정말 어떨 때는 언니가 죽어서 슬픈 게,
지금 힘든 거보단 안 힘들지 않을까라는 나쁜 생각을 하기도
해요. 저희 언니가 좀 괜찮아지고, 열심히는 아니더라도
사회생활도 좀 했으면 좋겠고, 더 행복했음 좋겠네요.

9,653번째 통화

6년 전 겨울에, 새벽에 야근하고 퇴근하다가 고양이를 저도
모르게 로드킬한 적이 있어요. 그게 그 자리를 지날 때마다 항상
마음이 너무 아파서. 기도하고, 미안하다고 이야기하고, 그
아이의 눈빛을 떠올리고, 늘 사죄하는 마음으로 지나고 있어요.
항상 생각한다고, 항상 기억한다고 얘기해주고 싶습니다.

3번째 통화

저 사람이랑은 결혼을 할 수 있을까. 남들 다 하는 결혼인데 왜
난 이러고 있는 걸까. 저 사람은 과연 믿음직한 사람일까.

59,223번째 통화

나이가 들면서 혼자가 되는 순간이 온다는 게 그게 참 안쓰럽다.
나로 인해서 상처받은 사람들에게 죄송합니다.

36,545번째 통화

지난 10개월간 캐나다 유학을 갔다 왔습니다. 남들은 다
부럽다고 얘기하고 다신 없을 좋은 기회라고 얘기하는데 그
10개월 동안 정말 많이 힘들었거든요. 우울증이 심하게 왔고
난생 겪어보지 못한 공황장애에 시달렸어요. 부모님이 계속
걱정을 하셔서 일정 앞당겨서 한국에 먼저 들어오라고 얘기를
하셨는데, 뭔가 그러면 패자가 될 거 같아서 계속 거절을 하다가
정말 극단적인 상황이 됐을 때 주변에 말을 안 하고 한국에 먼저
들어왔어요. 들어오고 나면 나아질 거라고 생각했는데 마음처럼
되는 일이 없네요. 무엇보다 제가 외국에 나가 있는 동안
할아버지가 돌아가셨는데 가족들이 이거를 저한테 비밀로
한 거예요. 왜냐하면 제가 힘든 상황에 있었으니까. 할아버지가
저 되게 이뻐해주셨는데, 마지막 가시는 모습도 못 보고 못난
사람이 된 거 같아요. 그래서 요즘엔 기분전환을 하려고
많이 시도하고 있는데 잘 모르겠어요.

9,790번째 통화

친구야, 네가 전학 간다는 말이 난 정말 슬펐어. 너무 좋아했는데, 엄청 펑펑 울었어. 네가 전학 가는 날엔 학교에 가지 않았어. 정말 고마웠어.

36,646번째 통화

어머니, 10년 전 제가 가져갔던 돈은 만 원이 아니라 37만 원이에요. 지금처럼 용돈으로 갚아갈게요. 형도 같이 했어요.

71,533번째 통화

있잖아, 남녀 사이에 친구 없다는 말 진짜인가 봐. 둘이 친구
같으면 한 사람이 참고 있는 거라고 그러더라고. 나는 솔직히
남녀 사이에 친구 있다고 생각했거든. 근데 내가 아니더라.
네가 여친 생기고 그럴 때마다 맘이 아프더라. 진짜 소설 속
주인공처럼 너하고 잘될 용기도 없고, 어색해지고 버틸
용기가 없어서 그냥 지금까지 계속 좋아하고만 있네.
나 완전 얼빠인 줄 알았는데 솔직히 넌 잘생긴 얼굴은 아니잖아.
넌 날 여자로 안 보겠지. 하도 이상한 모습을 많이 봐서. 근데
왜 난 네가 남자로 보일까 계속. 속 타 죽겠어. 진짜로. 그래도
내 고민도 많이 들어주고 하나밖에 없는 친구도 되어주고
고맙다 진짜. 아 근데 솔직히 네가 딴 여자한테 잘해주는 거
보고 있으면 좀 질투 난다고. 근데 이제 진짜 마음 접으려고.
지금으로도 너는 정말 좋은 친구니까. 고맙다. 사랑해.

53,356번째 통화

나는 위로받고 싶고, 존중받고 싶고, 사랑한다고 듣고 싶은
애정결핍이다.

엄마, 내가 나이 들어갈수록 자꾸 결혼 이야기를 꺼내는데,
엄마한테 말하지 못한 결혼을 했어. 지금 잘 만나고 있고
고양이랑 같이 오손도손 잘 살고 있어. 엄마가 죽기 전까지
이런 이야기를 할 수 있을지 잘 모르겠지만, 누군가는 나를
부러워하기도 하고 나를 인정해주는 친구들도 옆에 있어.
엄마가 죽기 전에 이런 말을 직접 하는 날이 오기를 바랄게.
내가 만나는 사람은, 우리 관계는, 엄마가 이해하기 어려울
수 있겠지만 우리 행복하게 오래오래 잘 살 수 있도록 엄마도
도와줬으면 좋겠어. 난 여전히 엄마를 사랑하는 둘째 딸이야.
엄마, 우리 엄마가 되어줘서 고맙고 사랑하고 앞으로도
행복하게 잘 지내자.

남들한테는 말 못 하지만 내 인생이 실패한 것 같다는 느낌을
자주 받아.

71,834번째 통화

내일모레면 나는 환갑이 되거든. 내가 늙어간다는 것이 너무
서러워. 그리고 가끔씩 외로워. 누군가 나와 여행도 같이
해줬으면 좋겠어. 그리고 아이들을 시집보내고 결혼시키고
남편과 둘이 있을 때 우리가 잘 지낼 수 있을까, 사이좋게 지낼
수 있을까 걱정이 돼. 그리고 내가 아플 때, 누가 나를 옆에서
도와줄 수 있을까, 과연 남편이 옆에서 도움이 될 수 있을까.
그런 것도 가끔씩 생각을 하게 돼.

31,960번째 통화

퇴사할래요. 저는 작고 소소한 것에도 행복해할 줄 아는
사람인데 요즘 너무 행복하지 않아요. 눈치 보지 않고
퇴사할래요.

92,212번째 통화

나는 내 사랑이 두 개인 게 가끔 힘들고 죄책감이 느껴졌어요.
그 두 개의 사랑 중에 어느 한쪽도 놓을 수 없는 이기적인
마음이기도 하지만 시작된 두 개의 사랑은 어쩔 수 없는 거
같아요. 나의 이기심과 욕심이기도 하지만 이번 생에 나의
사랑은 죽을 때까지 두 개로 가져갈 겁니다.

12,928번째 통화

내가 성형수술을 했어. 시험 끝나고 쌍꺼풀 수술도 하고, 코가 커서 콧볼 축소 수술도 했어. 피부과 가서 레이저도 많이 맞고. 나 옛날에 진짜 못생겼었거든. 엄마 아빠가 수능 끝나고 도저히 너는 인상이 안 좋다며 성형을 하라고 하더라고, 먼저. 그래서 성형수술을 하게 됐어. 대학에 와서 확실히 이뻐지니까 사람들이 나에게 친절해지더라고. 길에서 만나도 못 알아보는 사람도 많아. 갑자기 이뻐지니까 질투하는 친구들도 생겼고. 근데 참 웃겨요. 이렇게 이뻐져서 세상 사람들이 나에게 친절해지니까 좋은데 어디 가서 내가 성형한 사실을 말을 못 하고 있어요. 개인적으론 나중에 내 배우자를 만났을 때 성형했다는 사실을 당당하게 말할 수 있을까. 그럼 날 떠나지 않을까 너무 두려워요. 이렇게 날 성형하게 만든 건 사회인데. 저 고등학생 때 못생겼다고 위에서 침 뱉는 남자애도 있었고, 복도 지나갈 때마다 진짜 못생겼다는 말 길가다가 듣고, 얼마나 상처였는지 몰라요. 그래서 저는 짝사랑이 이뤄진 적도 없는데. 성형을 하고 나니까 모두가 저에게 친절해진 거 같아요. 고백도 받아보고 삶이 너무 달라진 거 있죠. 이런데도 사회가 절 성형하게 만든 게 아니라고 할 수 있을까요?

3,129번째 통화

네가 죽었으면 좋겠어. 네 애가 내 배 속에서 아무한테도

알려지지 않고 죽임당한 것처럼.

22,275번째 통화

저는 사실 돈이 많으면 사진을 배우고 싶고, 사진만 찍다가 죽고

싶은데 솔직히 미래를 생각하면 좋은 직업은 아니더라고요.

그래서 포기했어요.

27,794번째 통화

예전엔 죽고 싶다는 생각을 많이 했는데, 살아보니까
살아지더라고요.

8,235번째 통화

누군가를 만나서 성적으로 채우는 것이 일상이 되었다. 너무
외로워서 기댈 곳이 없어서 그런 사람들과 사랑이란 이름으로.

52,445번째 통화

저는 어렸을 때부터 아빠가 바람피웠다는 게 큰 상처였는데요.
가족 모두가 알고 있지만 모르는 것처럼 다들 아닌 척 가면을
쓰고 살아가고 있는데 그게 너무 힘들었어요. 자꾸 원망하게
되고 그러는데 용서하려고요. 아빠가 언젠가는 솔직하게 다
말했으면 좋겠어요.

내가 게이라는 사실을 알고 날 따돌렸던 그 선생님을 아직까지
잊지 못하는 게 맘에 걸리네. 홀로 뭔가를 해결하기에는 내가
너무 어렸어.

사랑받고 싶어요. 아무리 노력해도 안 되는데, 가만히 있어도
사랑받는 그 애가 너무 부러워요. 그걸 질투하는 제가 너무
미워요.

71,611번째 통화

엄마. 엄마가 하늘나라로 간 지 되게 오래됐는데 엄마가
마지막으로 했던 말이 어떤 말이었는지 기억이 안 나. 그래서
너무 미안해 엄마. 하늘나라에서는 아프지 말고 우리 지켜봐줘.

10,997번째 통화

언니, 어제 아빠랑 싸우고 힘들었을 때 먼저 안아주고 같이
울어줘서 고마워. 앞으로 언니한테 잘할게.

15,525번째 통화

제 통장잔고가 너무 불쌍해요.
취업은 하기 싫은데 돈은 떨어져가요.

5,890번째 통화

나 자신을 속이며 살고 싶지 않다. 동정심을 유발하려고 엄마
돌아가신 얘기도 하고, 그러다가 철든 척하고. 그냥 솔직해지고
싶고, 거짓말을 그만했으면 좋겠다. 근데 관심받고, 사랑받고
싶어서 그게 참 어렵다.

55,095번째 통화

큰아빠한테 항상 선물해주고 싶었던 게 있는데 그걸 못 해줬어.
그냥 양말인데 어릴 때 큰아빠가 제사 때 빵꾸 난 양말을
신었었거든, 그거 보고 나중에 크면 좋은 양말 사주고 싶은 게
내 바람이었는데. 그걸 못 해줘서 너무 미안하더라고.

47,360번째 통화

평범하다는 것이 그렇게 나는 부럽더라.

61,235번째 통화

무슨 말부터 시작해야 할지 모르겠는데… 나는 너를 사랑한
적이 없었고, 너한테 진심이었던 적도 없었고, 그냥 그때 상황이
외로워서 너를 만났던 거고, 그리고 네가 귀찮아서 너를 버렸고.
괴장히 쓰레기 같은 사람이란 거 나도 알고, 내 과거가 괴장히
맘에 들지 않는다. 맘에 들지 않는다는 거 인정하지만 그때
너한테 미안한 감정은 있지만 진심으로 사죄하고 싶은 마음은
없어. 나도 그럴 수밖에 없던 상황이니까. 잘 살고, 나 같은 놈
만나지 말고 그냥 나를 끝까지 저기해도 상관없어.

48,110번째 통화

세상의 끝과
부재중 통화를
소개합니다

누구나 마음속에 하지 못한 말 하나쯤은 묻고 살아간다. 그렇게 전하지 못한 이야기들에 '부재중 통화'라는 이름을 붙였다. 끝내 닿지 못한 것들, 피지 못한 꽃들, 이루지 못한 꿈들⋯ 미완으로 남은 것들이 지닌 시린 아픔과 아름다움을 아낀다.

우리 안의 부재중 통화들에게
어떻게 말을 걸까?

자신의 이야기를 낯선 공간에 꺼내놓는 것은 결코 쉽지 않은 일이다. 과연 어떻게 말을 걸어야 하는지, 어떤 온도와 질감 속에 그들을 초대해야 하는지, 오랫동안 고민스러웠다. 이 작품의 주인공은 사람들이고, 그들이 참여하는 순간 비로소 살아 움직이기

99

시작한다. 누구나 직관적으로 쉽게 인지할 수 있는 친숙한 형태를 만들고 싶었다. '부재중 통화'가 가진 어떤 파동, 음계로 치면 시 플랫일까, 그 고유한 파동을 작업에 담고 싶었다. 가만히 눈을 감고 접속해보니, 어느 순간 녹음 테이프, 카세트 라디오 등 추억 속 오브젝트들이 연상되며 어릴 적 탁자에 놓여 있던 까만색 다이얼 전화기가 떠올랐다. 내가 태어나 처음 접한 전화기. 묵직한 무게감이 느껴지는 바디와 다이얼 돌리는 소리. 그리고 '부재중 통화'라는 주제와 합쳐지며 어떤 공간이 떠올랐다. 여러 대의 벨이 울리는 전화기와 공중전화 부스. 이런 공간이라면 소통 과정을 직관적으로 전달할 수 있겠다는 생각과, 전화기라는 오브젝트가 그 모든 말을 이미 하고 있다는 생각이 들었다. 그 이후 여러 엔틱 마켓을 돌며 가장 프로토타입이라고 생각되는 전화기들을 모으기 시작했다. 이미 수많은 소통의 기억을 지닌 물건들에게서 은근한 온기가 전해졌다.

전 시 소 개

〈세상의 끝과 부재중 통화〉는 2018년 12월, 6평의 작은 공간에서 첫 여정을 시작한 관객 참여형 인터랙티브 전시이다. 전시장에는 여러 대의 아날로그 전화기가 누군가를 기다리듯 벨을 울리고 있다. 전화기에 다가가 수화기를 들면 누군가의 목소리가 흘러나온다. 보통 관객들은 이 지점에서 조금 멈칫하는데 수화기 속 목소리가 너무 날것이기 때문이다. 하지만 이내 귀 기울여 듣기 시작한다.

전시장 한쪽에는 커다란 공중전화 부스가 있다. 사람들은 이 것을 발견하곤 조금 전 들었던 목소리의 출처를 알아채고 이 공간 전체의 흐름을 이해하는 것 같았다. 그리고는 자신의 말을 남길지 말지 고민한 후, 조심히 손잡이를 돌려 공중전화 부스 안으로 들어간다. 공중전화의 수화기를 들면 파도 소리가 흘러나오고, 사람들은 자신의 하지 못한 말을 남기기 시작한다. 부스 안에 놓인 노란 전화번호부엔, '아빠에게 하지 못한 말을 남겨보세요', '꿈에서도 전하지 못한 이야기를 해보세요', '돈 갚으라고 단단히 말해보세요' 등 여러 도움 문구가 쓰여 있다. 남겨진 이야기는 모두 데이터화된다. 먼저 작가가 내용을 들은 후 간단한 사운드 작업을 거쳐 서버에 올리면, 전시장의 아날로그 전화기를 통해 랜덤하게 흘러나와 알 수 없는 누군가에게 전달된다. 그렇게 이 세상 누군가는 들어주었으면 하고 남겨진 우리의 '하지 못한 말'이 서로에게 닿는다.

전시 후 작가는 이 모든 이야기를 세상의 끝에 놓아주고 오는 의식을 진행한다. 첫해의 이야기들은 공식적인 세상의 끝, 아르헨티나 우수아이아의 바람 속에 자유롭게 놓아졌다. 그 후 모인

이야기들은 두 번째 세상의 끝, 고요한 사하라 사막에 놓여질 예정이다. 세상의 끝에 이야기를 놓아주는 여정은 단편 필름으로 기록된 후 전시장에서 상영된다.

첫 전시를 시작한 후, 석파정 서울미술관, 소다미술관, 평창남북평화영화제, 현대백화점 등 다양한 공간에서 3년 동안 총 여덟 번의 전시가 이어졌으며, 이를 통해 총 97,934통의 부재중 통화가 모였고(2018.12~2021.12), 전시장의 수화기를 통해 약 54만 번 누군가에게 전달되었다.

언제든 전화번호 1522-2290을 통해 세상의 끝과 부재중 통화에 접속할 수 있는데, 지금도 매일 누군가의 부재중 통화가 남겨지고 있다. 사람들의 목소리가 도착하는 한, 계속해서 이 번호를 열어둘 예정이다.

세 상 ㄷ 끝 과

부 제 ㅌ

전시 공간에 들어서면, 여러 대의 전화기가 벨을 울리고 있고
한쪽에는 공중전화 부스가 놓여 있다

벨이 울리는 수화기를 들면 누군가의 목소리가 흘러나온다

수화기를 들 때마다 다른 이야기가 들려온다

처음에 사람들은 수화기 속 낯선 목소리에 멈칫하지만

이내 귀 기울여 듣기 시작한다

TELEPHONE

세상의 끝과 연결된 공중전화에
당신의 '하지 못한 말'을 남겨보세요

Instagram @seoleuna
#세상의끝과부재중통화

공중전화 부스에 들어서면 오롯이 혼자가 되고

고요가 흐른다

수화기를 들면 파도 소리가 흘러나오고,

사람들은 자신의 하지 못한 말을 남기기 시작한다

공중전화 옆에 놓여 있는 전화번호부

이렇게 남겨진 부재중 통화는 전시장의 전화기를 통해 흘러나와

알 수 없는 누군가에게 전달된다

그렇게 우리의 '하지 못한 말'들이 서로에게 닿는다

전시장 한쪽 편에는 세상 끝의 바람 속에

사람들의 목소리들을 놓아주고 온

퍼포먼스 필름이 상영되고 있다

전시가 끝나도 전화번호 1522-2290을 통해
언제나 세상의 끝과 부재중 통화에 접속할 수 있다.

그렇게 가슴 떨렸던 적은

처음이었던 거 같아

중학교 2학년 때 너를 처음 본 게 아직도 기억나는데, 뒤에
후광이 그렇게 비췄던 건 살아 본 중 처음이었거든. 그때부터
계속 좋아했는데, 그때는 내가 너무 못나 보이고, 넌 공부도
잘하고 이쁘고 인기도 많아서, 차마 말도 못 걸겠고 고백할
용기도 나지 않더라. 많이 좋아했었어. 나만큼 너를 사랑하는
더 좋은 남자를 만나서 행복하게 살았으면 좋겠어. 아직도 나는
너만 생각하면 추억들이 많고 후회도 많지만, 그렇게 가슴이
떨렸던 적은 처음이었던 거 같아.

56,940번째 통화

크리스마스이브 때 만나자고 말할 수 있으면 좋겠네.

42,495번째 통화

오빠랑 영원하고 싶다고 말했는데, 나 사실 오빠 때문에 너무
불안하고 사실 영원할 거 같진 않아.

보고 싶어. 전화해도 돼? 나는 맨날 네 전화만 기다리고 있는데
너는 왜 나한테 전화 안 해? 다른 사람 그렇게 만나면서 왜 나는
안 만나? 왜 만나자고 안 해? 전화해. 바쁘다고 하지 말고.

언젠가 네가 보고 싶었던 날에, 이렇게 수화기를 들고 공중
전화기에서 전화를 한 적이 있어. 할까 말까 고민을 했는데 바지
주머니에 동전이 몇 개 있는 거야. 지금도 그 전화기가 있던
공원이나 그 밤의 냄새나 별빛 같은 게 생각이 나. 근데 너는
어떻게 지내는지 잘 모르겠어. 죽었는지 살았는지. 꿈에서는
내가 당신을 한참 찾아 헤매기도 하고, 당신이 나를 찾아
헤맨다는 이야기를 듣기도 해. 내가 정말 좋아하는 책이 있는데,
가장 좋아하는 한 마디는 '내가 거기로 갈게'라는 말이야.
그 한마디를 어쩌면 나는 매일 기다리고 있다는 생각이 든다.

48,741번째 통화

야 이 개자식아. 나 좋다고 할 때는 언제고 갑자기 전 여친 못
잊겠다는 쌉소리가 웬 말이야. 순정남인 척하지 마. 넌 그냥
쓰레기, 까진 아니고 개자식이야. 어디서 순정남인 척 지랄이야.
염병 떨고 있네. 지랄 마, 개자식아.

51,162번째 통화

어느덧 시간이 지나서 곧 있으면 우리가 만난 지 100일이 다
되어가고 있다. 우리 서로 노력하면서 만남을 이어가고 있는데,
사실 너와의 만남을 깊게 생각하지 않아.

29,475번째 통화

내가 좋아하는 사람이 나를 좋아하는지 알아볼 수 있는 방법이
있으면 좋겠다. 그죠?

14,500번째 통화

이런 건 원래 직접 얼굴 보고 얘기해야 되는 건데. 아직 용기가
부족해서 여기서 연습을 해보려고 해. 그래도 진짜 솔직한 말을
얘기하는 거니까 누군가 내가 하는 얘기를 들어도 돼.
결혼하자. 결혼하자! 결혼할래? 나랑 결혼해줄래?
한번 해보니까 알겠다. 다시 자주 연습해봐야 될 것 같아.
사랑한단 말 자주 하면서 계속 연습을 해봐야겠다. 언젠간 꼭
멋있게 얼굴 보고 말해줄게. 사랑해.

35,829번째 통화

지금 생각해보면 너랑 나는 서로 좋아하는 걸 몰랐을 리가 없거든. 그런데 서로 얘기를 하지 않은 건 둘 다 두려움이 컸기 때문인 거야. 그래서 세상 탓을 하고 싶기도 하고 내 탓을 하고 싶기도 해. 이 일을 겪고 나니까 차별 없는 세상 속에서 살고 싶다는 생각을 했어. 왜냐면 너도 여자고 나도 여자기 때문에. 지금은 이 음성만 보내겠지만 나중엔 내가 그쪽으로 가고 싶어.

결국 친구가 된 거 같긴 한데, 우리는 친구가 될 수 없어.

그냥 좋아한다고 말하고 싶었어.

42,161번째 통화

너를 사랑했는데, 너는 나를 택하지 않았어. 한번 다시 만나고 싶다. 지금 세월이 40년이 지났는데 한번 만나서 그때 다시 얘기하고 싶다.

31,519번째 통화

사실 나 금사빠인가 봐. 미쳤나 봐. 여섯 살 때부터 친구였던 남자애가 있는데 그 애를 10년 만에 만났단 말이야. 근데 예전이랑 너무 다르게 키도 크고 얼굴도 잘생겨지고 엄청 다정해. 인스타도 안 하면서 내가 맞팔하자고 하니까 계정 만들어서 나랑 맞팔하고, 걔 팔로워 나밖에 없는데 그게 제일 신나네요. 지금 새벽 3시인데 잠도 안 와. 몰라 망했어. 잘자라고 문자가 오긴 했는데 할 말이 없어. 오랜만에 만났는데 무슨 할 말이 있겠어. 나는 금사빠니까 식는 것도 빨리 식을 거야. 내가 하도 외로워가지고 착각한 거야. 나한테 계속 먼저 문자 보내줬으면 좋겠어 제발. 아 뭐라는 거야. 난 안 좋아해.

몰라 망했다.

96,270번째 통화

울지 말고, 욕해버리고 잘 살아.

21,300번째 통화

오빠 나야. 10대 때 만나서 20대 후반까지 만났는데, 9년이
됐을 때에 우리 만남이 끝이 났었지. 벌써 끝난 지 2년이라는
시간이 지났네. 그 긴 공백 동안 나는 나름 잘 지내고 있다고
혼자 위로를 많이 하고 있는데, 한편으로는 오빠가 결혼을 하고
아이를 낳고 행복하게 지내는 것들 보면서 그 시간들을 내가
옆에서 하고 싶었고, 오빠와 닮은 아이도 내가 낳고 싶었고,
오빠랑 같이 그리던 미래가 다른 사람으로 채워져서 시간이
흘러간다는 게 문득문득 받아들여지지도 않고.

28,372번째 통화

어쩌다 이렇게 됐는지 모르겠는데….
좋아하지 말 걸 그랬나 봐.

43,529번째 통화

스무 살이 되지 못한 네가 너무 그립고 보고 싶다.

나 안 좋아해도 괜찮으니까 티내지 마. 나 진짜 속상해. 진짜
너무 속상한데 너한테 말 못 해서 더 기분 나빠. 내가 너
좋아하는 거 너는 알잖아. 근데 그거 모른 척하는 것도 진짜
짜증나.

2년 동안 나 행복하게 해주고 사랑해줘서 고마워. 그리고 그런 식으로 헤어지자고 해서 미안해. 배신해서 미안해. 오빠 두고 다른 사람 만나서 미안해. 지금 이 순간에도 속이는 거 같아서 미안해. 근데 나 행복하다? 나는 내가 이렇게 잔인한 사람인지 몰랐어. 나 벌 받을 거야 그치? 카톡 프로필 사진도 빨리 바꿔줬으면 좋겠어. 이제 오빠가 나 버려줬으면 좋겠어. 진짜 오빠가 행복했으면 좋겠어. 나보다 더. 내가 할 말은 아니지만 잘 지내.

저는 다음 주에 짝을 바꿔요. 그때 꼭 1번이 되게 해주세요.

뜨거운 날씨에, 이탈리아에서 우연히 만난 너를 잊을 수가
없었다. 다시 일상으로 돌아온 한국에서 만난 너도 참 좋았어.
　비록 우리의 인연은 길게 가지 못했지만, 짧은 만남 동안
순수한 사랑의 감정을 느끼게 해줘서 고마웠어. 이젠 진짜 너랑
안녕하려고. 언제 어디서든 잘 지내.

87,565번째 통화

스킨십하는 것도 싫었고 다 싫었어.
근데 이런 말을 해줄 수 없잖아.

1,047번째 통화

내가 왜 너한테 내 인생 내 운명까지 바쳤는지 모르겠다. 나만
기다려주겠다는 네 말만 믿고 내 미래까지 포기하고 왔는데,
우리의 끝이 이렇게 피투성이가 될 줄 몰랐어. 마지막에 어떻게
나한테 그럴 수 있어. 비 오는 날 내가 감기 걸려서 열이 펄펄
나는데 나보고 나가라고 내쫓았잖아. 그날 너는 새로운 여자랑
데이트하고, 다음 날 그 여자 네 집에 불러들였어. 나랑 같이
살았던 그 집에 새로운 여자를 불러들이고 싶니? 네가 정말 나를
사랑한 건 맞았는지 궁금하다.

14,275번째 통화

눈치 없는 네가 좋아. 널 좋아하고 있어.

13,017번째 통화

엎드려 자느라 놓친 국어 필기가 인생 최대의 고민이었던 그때로
돌아가고 싶어. 너는 아직도 노을이 예쁘면 옥상에 올라가? 너
엔프피지? 우리가 서로 마음을 확인하고 그래서 내가 너를 피할
수밖에 없었을 때, 내가 책상에 기분이 안 좋은 채로 엎드려
있는데 네가 쪼그려 앉아서 내 눈높이를 맞춰주면서 걱정해줬던
그 표정이 아직도 잊혀지지가 않는다? 그때는 바보 같고
미련했어. 나 혼자 세상 모든 복잡함을 다 안고 있는 것 같았어.
웃기지. 사춘기라 그랬나 봐.

95,035번째 통화

야, 이 바보야. 카톡 답장에도 티 난다 이 자식아. 내가 그렇게
친구로서만 좋냐? 짜증나 진짜. 아, 됐다. 너 얼굴 자주 보니까
좋고, 정리하는 건 내 몫이지 뭐. 끊어!

55,630번째 통화

너한테 해주지 못했던 걸

다른 사람에게 해주고 싶지 않아.

54,058번째 통화

아마 이 메시지는 영원히 오빠에게 전해지지 않을 거야. 아무도 보지 못할 일기장이라고 생각할게. 오빠, 나 그날 진짜 왜 그랬을까? 왜 그렇게 바보 같은 고백 아닌 고백을 해버렸을까. 오빠가 여자친구랑 헤어지고 소개팅했다는 말 듣고 머리가 어떻게 됐나 봐. 갑자기 마음이 급해지더라고. 제주에서 서울 돌아오는 비행기 안에서 내 마음을 오늘 전해야겠다, 그 생각밖에 안 했던 거 같아. 조급했고 애 같았다. 나라도 그런 고백 들으면 되게 싫을 것 같다고 뒤늦게 후회했어. 순간적인 감정, 얕고 가벼운 고백처럼 되어버렸네. 근데 오빠, 나 예전부터 오빠 좋아했다. 늘 오빠가 괜찮은 사람이라고 생각했어. 오빠 좋은 사람이잖아. 그런데 이제는 친한 동생으로서도 옆에 못 있게 되어버렸네. 내가 다 망쳤어. 내 성급함이 다 망쳤다. 정말 두고두고 이불킥할, 후회할 고백 스토리였어. 그래서 아무한테도 말 못 하겠더라. 너무 부끄러워서. 나는 오빠가 사물을 바라보는 눈이 너무 좋더라. 앞으로도 좋아할 거고. 다시는 친한 오빠 동생으로 돌아갈 수 없다는 사실이 참 서글프지만 어떡하겠어. 받아들여야지. 그럼 안녕. 오늘 고양이 사진 진짜 귀엽더라.

58,839번째 통화

아빠, 나 결혼하려고 해. 이럴 때 아빠가 옆에 있었으면 정말 좋았을 거 같아. 잘 지내고 있는 거지? 늘 항상 같이 있다고 느껴져. 아빠 손잡고 들어가고 싶었는데 아빠 생각 많이 날 거 같아. 결혼해서도 잘 살게. 아빠 보고 싶어요.

5,074번째 통화

내 20대를 너한테 쓴 게 너무 아까워.

13,601번째 통화

힘들어. 같이 있는데 너만 끝나면 끝날 거니까.

31,720번째 통화

싫어하고 증오하고 사랑해요

엄마 오늘 내가 되게 투정을 부렸어. 나는 나대로 정말
힘들었는데 그걸 알아주길 바랐는데 여전히 엄마는 엄마만
생각하더라고. 그래서 나는 더 이상 기대를 하지 못할 거 같아.
빨리 돈을 벌 거야 나는. 그래서 빨리 집을 나갈 거야.

48,501번째 통화

할머니 보고 싶어요. 꿈에서라도 만나요.
같이 막걸리 한 잔만 해요.

85,136번째 통화

차라리 아빠가 죽어서 아빠를 애도하는 마음으로 살고 싶어.

49,200번째 통화

엄마 속에 있는 말들 너무 친구한테만 하지 마시고 그냥
저희들한테 다 해주셨으면 좋겠어요.

48,405번째 통화

조현병을 앓고 있는 언니. 사랑하면서도 믿고 책임져야 할
가족이라는 걸 아는데, 지치고 포기하고 싶어. 그래도 사랑해.
그리고 미안해.

80,837번째 통화

그럴 거면 뭣하러 나랑 결혼했니. 혼자 살지.

내 행복의 여부를 왜 계속 너한테 걸었을까. 그러지 말걸.

60,622번째 통화

엄마. 잘 살아요? 왜 날 버리고 갔어요? 왜 그냥 날 떠나 버렸어요? 엄마가 올까 봐 전화기를 하루에 스무 번씩 들었다 놓고, 마주칠까 봐 집 밖에서 몇 시간이나 기다린 적 있었는데 왜 한 번도 안 왔어요? 엄마가 나한테 올 리 없는데 궁금해서.

한 번만이라도 볼 수 있을까 싶어서.

52,559번째 통화

아빠라고 불러본 지도 4년이 지났네. 폭력적인 아빠였지만 나는 이제 아빠를 원망하지 않을 거 같아. 아빠의 빈자리가 크기도 했는데 이제 작아지는 거 같아. 진심으로 이제 아빠가 행복했으면 좋겠고 다시는 안 봤으면 좋겠어. 그냥 각자의 길을 갔으면 좋겠어. 고마웠고 많이 원망했어. 행복해, 아빠.

1,254번째 통화

언니 잘 지내? 언니랑 나는 일란성 쌍둥이인데도 참 많이 다른 거 같아. 우리가 싸우고 이제 연락을 안 하고 지내는데 그냥 그때 싸웠을 때는 언니가 참 많이 미웠거든. 그래도 나는 언니의 행복을 바라는 사람 중 한 사람이라는 거 잊지 않았으면 좋겠어. 그리고 언니의 삐뚤어진 마음이나 날카로워진 마음도 꼭 치유해줄 수 있는 사람을 만났으면 좋겠어.

15,289번째 통화

너희들을 내 뜻대로만, 내 바람대로만 자라주기를 바라서 엄마 욕심에 많이 다그치고 혼내고 그랬어. 참 잘하고 있었고, 잘 자라는 아들딸이었는데 엄마는 격려 대신 질타하고 칭찬 대신 혼냈던 거 같아. 다른 사람들보다 조금 바쁘고 지친다는 핑계로 너희들한테 너무 많이 상처를 준 거 같아. 그래서 우리 딸은 마음의 병이 들어서 상담치료도 받았었고, 우리 아들은 몇 번의 수능을 보면서 점점 자신감을 잃어가 힘들어했고. 처음엔 그런 너희들을 보면서 내가 자식을 잘못 키웠나 자괴감도 많이 들었어. 그런데 가만히 생각해보니까 엄마가 너희들을 제대로 사랑하는 방법을 몰랐던 것 같아 너무 미안해. 너희가 이제 20대 중반이 됐잖아. 이제 너희한테 엄마로서 책임감 아닌 책임감을 다하려고 노력하지 않으려고 해. 너희들 스스로 일어날 수 있게끔 옆에서 지켜보고 격려하고 그러려고.

42,213번째 통화

난 엄마가 우리 다 버리고 가고 그랬을 때 엄청 많이 원망했어.

맨날 엄마 욕하고, 그러면서도 하루는 엄마 이해하고.

초등학교, 중학교, 고등학교 때까지 미우면서도 보고 싶고,

한편으로는 보고 싶지 않다고 말하면서 또 보고 싶다고 말하고.

마음속으로 수백 번이나 말했는데, 결국에는 엄마 보고 싶어.

55.890번째 통화

나의 가족이 항상 불행했으면 좋겠다. 진심으로.

33,999번째 통화

저는 형아랑 자주 싸웁니다. 제 의견을 안 듣고 자기 말만 할 때
너무 싫습니다. 어떨 때는 없었으면 하는 생각이 듭니다. 어떻게
해야 할지 모르겠어요.

24,890번째 통화

오빠, 남하고 얘기할 때 좀 다른 사람 무시하듯이 그렇게
말하지 마. 오빠가 내 친구 남편한테 반말로 얘기하고 그러면
가슴이 얼마나 철렁철렁 내려앉는지 알아? 그 사람이 오빠가
자기를 무시한다고 생각할까 봐. 그리고 옆에 있는 내
친구한테도 창피해. 그러니까 제발 말을 할 때 존댓말을 할
거면 끝까지 존댓말을 하고, 아무리 오빠보다 나이가 어리다고
생각이 들어도 처음 만나는 사람한테는 반말하지 마. 알았지?
꼭꼭! 그래야 돼!

37,452번째 통화

엄마랑 아빠한테 맞았던 게 아직까지도 생생하고 떠올릴
때마다 너무 밉습니다. 근데 가족이니까….

열한 살이면 초등학교 4학년 때, 처음 아빠가 다른 아줌마랑
바람피우는 거 알고 숨긴다고 숨긴 거 같은데 그 어린 나이에도
알고 있었지. 지금 우리 엄마랑 살아온 거보다 그 아줌마랑
살아온 시간이 더 길어지고 있는데 우리 엄마가 불쌍하기도
하면서 대체 왜 그랬을까 싶기도 해. 동생이 그렇게 어린
나이였는데도. 어디 이런 거 친구들한테 얘기도 하지 못하겠고
혼자 힘들어하면서 지낸 거 같아. 왜 남들처럼 평범하게 살지
못할까. 아빠가 있는 것도 없는 것도 아니고. 근데 지금은
아빠도 아빠대로 잘 지내고 엄마도 다른 사람 만나서 잘
지냈으면 좋겠어. 그냥 각자 행복했으면 좋겠다.

당신은 왜 언제나 내 말을 들어주지 않는지. 매번 거짓말.
내 말을 귀 기울여주지 않는 거에 너무 힘들고 지쳤어 이제.
더 이상은 당신의 세계에서 갇혀 있고 싶지 않아. 나를 놔줘.
내 삶을 내가 개척하고 스스로 만들어가고 싶어. 당신 옆에서
있는 거 이만 여기서 끊어내고 싶어. 제발 나를 놔줘.

55,084번째 통화

야, 네가 얼마나 잘났으면 나한테 거짓말하면서까지 헤어지자고
해. 내가 너한테 그렇게 잘해주니까 바보 같았냐? 나는 너
때문에 맨날 울었어. 네가 친구들이랑 시시덕거리면서 놀 때
나는 울었다고. 너 때문에 내 하루하루가 얼마나 엉망이었는
줄 알아? 네가 불행했으면 좋겠어. 너 진짜 별로야. 잘 살든지
말든지. 다신 우연히라도 마주치지 말자.

11,553번째 통화

엄마, 7년 전인가 8년 전인가 내가 중학생 때 한창 유행하는
바람막이 같은 걸 훔쳐 입어서 학생회가 열린 적 있었잖아. 그때
속도 많이 썩이고 사춘기 때문에 엄마 많이 힘들게 했었는데.
엄마한테 화도 내고 심지어 욕까지 하고. 그때 내가 엄마 힘들게
할 때 외할머니가 돌아가셨잖아. 엄마가 엄청 우는데 나는
이상하게 눈물이 안 나더라. 눈물이 안 난다는 거 자체가 감정이
메마른 거 같기도 해서, 그거에 대한 우울감이 좀 많이 있었던
거 같아. 다른 사람들은 가족에 대한 정이 많은데 나는 남들에
비해서 정이 많이 없는 거 같더라고. 어떻게 자랐어야 내가 정이
많았을까. 잘 모르겠어. 그래도 보고 싶긴 해. 사랑해.

34,000번째 통화

사랑해서 놓아준다는 말. 그냥 네가 힘들어서 그런 거잖아.
솔직히 말해줘. 거짓말 말고.

70,138번째 통화

마지막까지 질척거려서 미안해. 근데 나는 끝까지 좀 남아.
오늘을 끝으로 오빠 생각도 안 할 건데, 오빠가 좋아하는 노래
매일 듣고 있어. 오빠는 왜 그렇게 못됐어? 왜 이렇게 나
힘들게 해. 왜 이래. 너무 나쁘다고 생각해.

3,999번째 통화

내가 맨날 아빠한테 성질부리는데 그거 아빠가 미워서 그러는
거 아니야. 아니, 아빠가 밉기도 한데 그 정도는 좋아서 그러는
거야. 그러니까 나 미워하지 마. 진짜 사랑해.

41,867번째 통화

지친다. 엄마 위로해주는 거 그만하고 싶어.

엄마 나 좀 위로해줘. 나 힘든 거 좀 알아줘. 나 없으면

못 산다는 말, 나 때문에 산다는 말, 제발 하지 마.

93,244번째 통화

당신이 죽도록 미워요. 내 세계를 부수고 갉아먹는 당신이

죽도록 미워요. 고모, 저에게서 사라지세요.

70,105번째 통화

나 사실 처음부터 알고 있었어. 네가 왜 날 만나는지, 왜 날
한 번도 다정하게 바라봐주지 않는지, 왜 내 옆에 누워 있으면서
다른 사람을 생각하는지. 너는 처음부터 아니었던 거잖아.
너무너무 비참하고 마음이 아파. 나는 너한테 그것뿐이었나 봐.
집 앞으로 찾아가고 싶은데, 네가 날 어떤 눈으로 바라볼지 알고
있어서 무서워서 못 가겠어. 정말 끝일까 봐.

53,079번째 통화

나는 아빠처럼 안 될 거야. 엄마 안 버릴 거야. 꼭.

55,196번째 통화

엄마. 엄마랑 아빠 이혼하고 나서 아빠가 얼마나 나쁜 사람이고 안 좋은 사람인지, 그 어린 나이 때부터 이미 보고 자랐잖아. 근데 문득문득 엄마가 아빠 애기를 꺼낼 때도 그렇고, 그 애기를 듣고 나면 아빠가 미웠다가도 그래도 세상에서 가장 보고 싶은 사람은 아빠였던 거 같아. 뭔가, 나는 없이 자랐잖아. 여섯 살 때부터. 그 어린 나이부터 이제 막 성인이 된 지금까지 완벽히 사랑받았다는 느낌을 크게 못 받은 거 같아. 엄마한테는 미안한 애기 같지만 나는 항상 그걸 느꼈어. 이렇게 원망을 하면서도 나는 아빠가 보고 싶다. 이러면 안 되는 걸 알면서도 그냥 남들 보면 부러워. 난 지금 가질 거 다 가졌고 충분히 행복하다고 느끼는데 왜 이럴까.

44,547번째 통화

아빠. 잘 지냅니까. 아버지가 큰 빚을 저에게 남기고 떠나셨을 때는 굉장히 힘들었어요. 학교에 빚쟁이들이 찾아와서 돈을 달라고 한 적도 있고요. 제가 그들에게 찾아가서 무릎을 꿇고 사과하기도 했어요. 원망을 많이 했어요. 엄청 미웠죠. 근데 이 미움을 어디에다가 전할 수가 없었어요. 사실 아빠가 굉장히 멋진 사람이고 나의 슈퍼맨이었고 나의 기댈 곳이었으니까. 끝까지 그 기댈 곳을 지키고 싶었거든요. 근데 시간이 지나다 보니까 당신이 점점 미워지기 시작합니다. 죽었는지 살았는지도 모르겠고 너무 밉네요. 보고 싶어요. 아빠.

62,009번째 통화

저는 엄마랑 연락 끊고 살고 싶어요.

4,857번째 통화

117

너를 만나면 왜 그랬냐고 이유도 물어보고 화내면서 엄청
때리고 싶었는데, 널 만나니까 또 흔들리더라. 진짜 넌
내 인생에서 너무 큰 사람이었는데 너한테 나는 아닐까 봐 진짜
너무 날 비참하게 만들어. 네가 이 말을 안 들을 게 뻔하지만
진짜 몇 퍼센트의 확률로 이걸 듣는다면, 내 생각하면서 평생
울었으면 좋겠어. 넌 끝까지 나한테 개새끼잖아.

86,804번째 통화

엄마한테 말하고 싶은 이야기가 너무 많은데
그래도 가장 하고 싶은 말 하나 고르면 미안해로 할래.
다음엔 내가 엄마의 엄마할래. 미안해.

24,001번째 통화

아빠는 아빠여서, 내가 아빠를 원망하기까지 23년이 걸렸어.
그동안 아빠는 너무 늙고 병들어서 내가 마음껏 싫어할 수도
없게 됐어.

44,111번째 통화

나는 그간 나를 너무 사랑하지 않아서 많이 힘들었는데, 이젠
나를 좀 더 사랑해주고 다른 사람한테 사랑을 구걸하지 않고
그렇게 반짝반짝 빛을 내면서 살고 싶어.

36,130번째 통화

한 번도, 엄마 아빠의 딸이란 것이 자랑스러웠던 적이 없다.

78,840번째 통화

넘쳐나는 소통의 시대,
당신의 소통은
안녕한가요?

소.통.

이 두 단어는 그저 처음부터 설레고 당연했던 어쩌면 내 DNA
에 새겨진 단어였다. 스물다섯 살 즈음, 크리에이터로 처음 내 작
업을 시작했을 때 인터뷰를 하게 되었다. 인터뷰 중 "어쩌면 한
번도 만나지 못할 누군가와 네트워크로 연결되어 진정한 소통을
나눈다는 것"이라는 말을 입 밖으로 내뱉는 순간, 울컥하고 가슴
깊은 곳에서 종이 울렸다. 내 안쪽의 소망과 처음으로 교신한 느
낌이었다.

우리는 소통의 양이 폭발적으로 증가한 시대에 살고 있다. 하
루 평균 손바닥 안에서 150미터의 스크롤을 하고 있다고 한다.
스치는 수많은 신호들을 바라보고 있자면, 왠지 채워지지 않는
공허함이 느껴진다. 우리는 소통의 홍수에 둘러싸여 있지만, 진

정한 소통에는 소외된 쓸쓸한 자화상을 가지고 있지 않을까?《인스타그램에는 절망이 없다》라는 책 제목을 유심히 본 적이 있다. 이 시대의 소통을 한마디로 정의하면 '좋아요'일 것이다. 환영받을 만한 것들은 수면 위로 올라오고 나머지는 점점 자취를 감춘다. 이것은 심각한 불균형이다. 내가 실제 경험하는 삶과 보여지는 세계가 다르다는 것은 스스로를 소외시킨다. 하지만 우리가 진정 원하는 건 좋고 빛나는 것뿐이 아닌, 그 반대의 연약하고 숨기고 싶은 모습까지 모두 내보일 수 있는 상태일 것이다. 내가 느끼는 모든 감정을 표현할 수 있고 그 감정이 허용되는 경험이 반복될 때 우리는 세상이 안전하다고 느낀다. 세상과의 친밀감은 그럴 때 생긴다.

그렇다면 우리가 하지 못한 말들은 도대체 어디로 간 걸까? 흐르지 못하고 어딘가 묻혀 있는 말들은, 신호가 왔지만 받지 않은 우리의 '부재중 통화'일 것이다. 막혀 있는 것들은 잠시 눈에 보이지 않을 뿐 절대 사라지지 않는다. 잘 잠기지 않은 수도꼭지처럼 계속 에너지를 새어나가게 만든다. 그래서 그 목소리들이 있는 먼지 낀 창고의 문을 똑똑 두드린 후, 바람 한 줌을 불어넣어 세상 위로 떠워 올리고 싶었다. 소외된 말들의 소통 공간을 만들고 싶었다.

모든 이야기는 소통의 공간이 필요하다. 소외된 말일수록 더욱 그렇다. 어쩌면 '하지 못한 말' 그 속엔 눈에 보이는 것보다 더 진실한 삶의 이야기들이 숨어 있지 않을까? 누군가에게 보여주기 위해 꾸미고 치장한 이야기가 아닌, 거울 앞에 선 맨 얼굴의 이야기들. 머리가 아닌 가슴이 하는 말들. 혼자 끌어안고 있는 이야기들에게 괜찮다고, 다 괜찮다고, 이제는 자유로워지라고 말을 건네고 싶었다.

우리의 하고 싶은 말이
자유롭게 허용되는 공간

어떤 비판이나 충고 없이
우리의 이야기를 들어주는 곳

그런 공간이
세상에 하나쯤 있으면 어떨까요?

거기는 춥니? 아니면 따뜻하니

할머니, 내가 진짜 미안해. 나 마지막에 할머니 보기 너무
무서웠어. 그래서 마지막에 할머니 심장에 손도 못 얹고, 손도
못 잡은 거야. 근데 지금은 그걸 할 걸 그랬어. 후회해.

53,225번째 통화

아롱아, 미안해. 보고 싶은데 네가 기억이 안 나.

40,741번째 통화

나의 어린 시절을 같이 보내줘서 너무 고마웠습니다. 할머니가
아니었다면 외로운 사람으로 자랐을 거예요. 내가 혼자 있을 때
항상 옆에 있어주셨는데 가시는 길을 제가 혼자 보내드렸어요.
할머니 돌아가시고 3일 동안 생각했습니다. 살아생전 한 번도
해드린 적 없는 말이지만 이 전화를 빌려 당신에게 닿기를
바랍니다. 사랑했고 사랑하고 앞으로도 기억할게요.

37,040번째 통화

사랑하는 첫째 아들. 2000년 3월 23일 엄마 아빠 곁으로 와서
너무 행복했고, 정말로 귀엽고 사랑하는 마음들, 보고 싶은 모든
순간들을 줘서 고마워. 그리고 2020년 1월 20일 우리 곁에서
부처님 곁으로 떠났구나. 그래도 엄마 가슴에 항상 있으니까
엄마가 널 만나러 가는 그 순간까지 함께 가는 거야.
보고 싶은 준우야, 매일매일 사랑해. 하루하루 지나도 사랑해.
우리 곁에 20년 동안 머물러줘서 너무 고마워.

61,275번째 통화

좀 더 잘해주지 못해서 죄송합니다. 좀 더 친절하지 못해서
죄송합니다. 좀 더 빨리 가지를 못해서 죄송합니다.
살리고 싶었는데.

68,009번째 통화

항상 외로워하신 아버지에게 사랑한다 전하고 싶습니다.

8,855번째 통화

엄마는 이 세상을 살면서 조금이라도 행복했을까, 묻고 싶어요.

엄마는 이 모든 시련과 고난과 역경을 어떻게 버텨왔어요?

그리고 정말 미안해요. 엄마랑 제대로 된 여행 한번

못 가보고. 엄마랑 찍은 사진도 없어. 뭐가 그렇게 바쁘다고

쉼 없이 달려왔을까.

24,827번째 통화

돌아가시기 전에 할 말을 해야겠다 싶어서 편지를 썼는데,

막상 할머니 앞에 가니까 도저히 읽지를 못하겠더라. 그리고

끝까지 나한테 미안해하셨는데 미안해야 할 건 할머니가

아니야. 교과서에 나오는 가족만큼 그렇게 사랑받고 자라지는

않았지만 내 인생을 사랑해줘서 너무 고맙다.

28,888번째 통화

오늘 아버지 사망신고하러 갔다가 사망증명서가 있어야 돼서 병원에 들렀네요. 그러다 아버지 핸드폰을 해지하고 오는 길에 전화를 했는데 이젠 받지 않으시네요. 아버지 목소리도 듣지 못하게 됐네요. 그렇게 아파하는 거 보느니 그냥 아프지 말고 가시라고 한 거 죄송해요. 아버지, 세상에서 가장 멋있는 우리 아버지. 밖에 나가실 때 맨날 베레모 쓰시고 멋있냐고 물으셨죠. 아버지 진짜 멋있어요. 꼭 좋은 곳으로 가세요 아버지.

6,168번째 통화

저는 절대 전하지 못할 사람한테 말을 하고 싶어요. 일본의 작곡가인데, 긴장되네요. 고등학생 때 처음 알았던 작곡가인데, 굉장히 위로가 되는 피아노 곡을 많이 만들어줬어요. 2018년이니까 스물네 살, 짧은 인생이지만 정말 제가 가장 힘들었던 때였는데 그 노래들 덕분에 버틸 수 있었어요. 그 사람을 한 번이라도 만날 일은 없겠죠. 타국의 작곡가고 제가 그렇게 풍족한 사람도 아니고. 정말 그 사람의 음악이 제 목숨을 구해줬다고 생각하고 있어요. 그 사람에게 고맙다고 전하고 싶네요. 저를 구해준 사람이에요.

58,466번째 통화

잘 지내니? 난 잘 못 지내.

12,100번째 통화

엄마 벌써 못 본 지도 17년이 넘어가네. 아빠랑 싸우고 집을 그렇게 나갈 줄은 몰랐는데 잘 살고 있다고 이야기는 들었어. 근데 그것도 확실한 것도 아니고. 그래도 아직 얼굴이랑 그런 것들은 기억하는데 엄마는 어떨지 모르겠어. 옛날에는 스무 살 되기 전에 보게 될 줄 알았는데 나는 이제 벌써 서른이 다 되어가고 엄마도 육십이 넘었는데 죽기 전에 볼 수 있을까.

44,346번째 통화

나는 여전히 당신이 그리워. 돌아가지 못하는 과거를
그리워하는 일이 얼마나 고통인지 넌 몰라.

25,933번째 통화

엄마 나야. 뭔가 이렇게 엄마한테 말해본 게 너무 오랜만이다.
며칠 전에 퇴근하고 왔는데 우편이 와 있더라고. 엄마 유골
승화원 연장해야 된다고 왔네. 그때 15년 했던 거 같은데.
난 잘 지내. 엄마도 잘 지내지? 많이 보고 싶다. 어쩌면 뭔가
태어나서 엄마한테 제대로 말해준 적이 없는 것 같은데…
날 낳아줘서 고맙습니다.

817번째 통화

아빠, 평생 원망만 해서 미안해. 아빠의 삶을 1초도 기억 못

하면서 그냥 무책임하고 비겁하고 겁 많은 사람으로 기억을

해서 미안해. 아빠 같은 사람들 도우면서 우리 엄마 같은 사람도

돕고 나 같은 애들도 돕고 그렇게 씩씩하게 살게. 아빠가

책임지지 못했던 그 삶을 내가 열심히 살게.

24,505번째 통화

항상 잊지 않겠다고 약속하면서도, 삶에 치여 잊어버리는

못난 딸을 용서해줘. 올 한 해도 따뜻하게 지켜준 덕분에

이겨낼 수 있었어. 내년도 엄마 몫까지 열심히 살아가볼게.

힘들 때마다 자꾸 원망해서 미안해. 나도 아직은 엄마가 필요한

어린 딸인가 봐.

61,292번째 통화

거기는 춥니? 아니면 따뜻하게 잘 있니? 언니가 잘 몰라.
자유롭고 행복했으면 좋겠어. 사랑해. 언니가 더 잘해줄걸.

34,708번째 통화

할아버지, 돌아가셨는데 내가 너무 슬퍼하지 못해서 죄송해요.

60,772번째 통화

아가. 너를 보내고 너에 대해 얘기하면서 안 울게 되기까지 시간이 생각보다 오래 걸리지는 않은 것 같아. 네가 생겼을 때 나는 어렸고, 무심했고, 무서웠어. 그러던 와중에 네가 갑자기 떠났다는 얘기를 듣고 엄마는 울 수밖에 없었어. 무서웠어도 너무 보고 싶었는데. 네가 생긴 걸 축하하지도 못하고 무책임한 엄마였던 것 같아. 그치? 아가한테는 하고 싶은 말이 참 많았는데 막상 하려고 하니까 미안한 마음밖에 없네. 한 번도 애정 어린 마음으로 널 생각한 것 같지 않아서 그것도 미안하고. 널 그렇게 보내고 나서 평소 같은 일상을 살고 있는 것도 너무 미안하다. 엄마가 지켜주지 못한 만큼, 다음에 만나게 되면 그때는 더 사랑해주고 꼭 지켜줄게. 참 어렵게 온 너인데 쉽게 떠나보내서 너무 미안해 아가. 아무렇지 않게 살고 있는 듯하다가도 엄마 아빠는 너 얘기가 가끔 나오면 그렇게 장난기 많다가도 그 순간만큼은 둘이 아무 말도 못 해. 아가야, 우리가 실제로 마주본 적은 없지만, 많이 무서워하고 걱정만 했지만, 그래도 엄마는 너를 사랑했던 것 같아. 사실 엄마라고 불릴 자격이 있는지는 모르겠지만. 너를 평생 마음속에 묻어두고 열심히 살다가, 네 몫까지 열심히 살다가, 널 만나면 꼭 미안하다고 사과할게. 일찍 떠난 만큼 거기서 행복하게 잘 지내야 돼. 아가.

48,909번째 통화

날 일찍 버리고 도박에 빠져서 수십 년간 연락도 없이 살다가
어느 날 갑자기 죽었다고 연락이 와서, 그렇게 끝이 난 아빠가
참 밉네요.

58,087번째 통화

함께 먼 길을 걷길 바랐어. 그뿐이었어.

69,050번째 통화

네가 죽은 지 2년이나 지났는데 나는 아직도 왜 그 시간 속에서
살고 있는 것 같지. 너랑 같이 한강에도 가고, 우리 나중에
결혼하면 애기 데리고 유모차 끌고 같이 다녔으면 했는데. 모든
게 다 있는데 너만 없어서 난 아직도 너무 무섭고 보고 싶어.

44,000번째 통화

너는 스물여덟에 계속 있을 거지만 나는 스물아홉 서른을
넘어서 언젠가는 스물여덟의 너를 만나러 가겠지. 남들은 사실
얼굴 한번 본 적 없고 친분이 있었던 것도 아닌데 뭐가 그렇게
마음의 짐처럼 남았냐고 할 수도 있는데, 모르겠어. 비슷한
나이대의 너를 보면서 위안을 받았고, 네가 하는 라디오를
들으며 위로를 받고 그랬는데 정작 네가 힘들 때 몰랐었다는 게,
평생 반짝반짝 빛날 거라고 생각했던 사람이 별이 되기
위해 먼 여행을 떠났다는 게 믿기지 않았던 것 같아.
그냥 네가 보고 싶어 종현아.

46,610번째 통화

엄마, 다시 살아서 돌아와주면 안 돼?

만나서 말하고, 만지고, 눈 보고 싶다.

63,475번째 통화

아빠 들려? 나 좋아하는 애도 생겼고, 이제 고등학교 가는데. 나
꿈도 있고, 나 진짜 좋은 사람 될 건데 꼭 봐야 돼 알겠지?
꼭 봐줘.

22,001번째 통화

할머니, 저 정국이에요. 할머니가 이제 가시면서 주말마다
전화 한 번씩만 해달라고 그러셨는데 제가 그때 너무 어리고
이기적이어서 그 쉬운 것조차 하질 않았어요. 할머니가 그렇게
돌아가시고 생각하니까 너무 죄송했어요. 이 전화를 듣고 있는
사람들은 떠나기 전에 지금이라도 다른 사람들한테 잘해줬으면
좋겠습니다.

53,991번째 통화

사랑하는 내 동생 윤지야, 네가 그렇게 떠난 지 벌써 2년이
지나가네. 내년이면 너도 수능을 보고 어른이 될 텐데 너의
시간이 멈춰 있는 게 언니는 너무 슬프다. 너랑 여행도 다니고
싶었는데. 언니가 빨리 갈 테니까 거기서는 행복하게 즐겁게
아프지 않게 잘 지냈으면 좋겠어.

31,820번째 통화

하나님 부처님 존재하는지 모르겠지만 신이 있다면 도와주세요.
아빠를 살려주세요.

63,891번째 통화

아들아, 엄마가 정말 너에게 미안해. 엄마가 그때는 그게
최선이었고 할 수 있는 모든 것이라고 생각했는데 그게
아니었다는 걸 너를 떠나보내고야 알았어. 엄마가 좀 더 일찍
너희들 마음을 헤아렸어야 됐는데. 엄마가 너한테 사랑한단 말도
못 했고, 당연히 사랑하는 걸 알고 있을 거라고 생각했는데.
네가 아주 많이 외롭고 아주 많이 힘들어서 결국 떠날 수밖에
없었던 선택을 했던 게, 엄마가 돌봐주지 못한 것 같아서
미안해. 아주 많이많이 미안하고 아주 많이많이 사랑한다고
말해주지 못해서 미안해.

54,510번째 통화

친하진 않았지만 같은 반을 여러 번 했던 친구가 사고로 세상을
떠났습니다. 3년이 지났지만 충격은 가시질 않네요.

70,281번째 통화

그때 살리지 못해서 죄송합니다.
좀 더 훌륭한 의사가 될게요.

71,451번째 통화

지선아, 10월 21일 날 하늘로 갔지. 거기서 엄마 만났나
모르겠네. 어떻게 꿈에 한 번 안 나타나니. 그래도 매일매일
생각난다. 아프지 말고 편안하게 엄마랑 같이
잘 있어. 아빠도 금방 갈게.

24,580번째 통화

제 노래방 십팔번이 지영선의 '가슴앓이'인데요. 그게 저의
십팔번인 이유는, 엄마가 저희 어렸을 때 노래방에서 불렀기
때문이에요. 저랑 동생을 데리고 갈 곳이 없었을 때 노래방에
가서 그 노래를 불렀던 기억이 나요. 제가 어른이 돼서 우연히
그 노래를 들었는데 엄마가 불렀던 노래라는 게 기억이
나더라고요. 이제 제가 그걸 따라 부르게 되었어요. 그때부터 제
노래방 십팔번은 지영선의 '가슴앓이'가 되었어요.

90,124번째 통화

아빠, 한 번만 더 아빠를 볼 수 있다면 꼭 해주고 싶은
말이 있어. 아빠가 나중에 말티즈 두 마리 데려온다는 말이
아직까지도 기억이 나서 하얀 강아지만 보면 아빠 생각나고
눈물 나잖아. 다 아빠 잘못이야. 아빠 보고 싶어. 이제는 잘 가.

39,929번째 통화

어느덧 네가 세상을 떠난 지 벌써 5년이 되었어. 다행히 네가
이번 기회에 돌아오게 되어서 좋았고, 우리는 항상 그날을
기억해. 매일매일 4월에 노란 리본을 들고 언제쯤 꿈에 나올까.
듣지 못할 걸 알지만… 민영 언니, 나 열심히 살고 있으니까
언제 한번 꿈에 꼭 나와줘. 알았지?

4,198번째 통화

참 말하기가 힘드네요. 그 마지막 전화를 받았으면 그렇게
후회를 안 했을 텐데. 네, 사랑한다는 말이요. 그 말을 못 해서
정말 미안하고 나 혼자 이렇게 잘 살고 있어서 너무 미안해요.
더 말하고 싶은데 더 말하면 나 울 것 같아서….
그 전화 못 받아서 너무 후회하고 있다는 것만 알아줬으면
좋겠어요. 정말로 부재중 전화가 돼버렸으니까. 그래도 계속
기억할게요. 엄마 사랑해요.

357번째 통화

저는 사는 건
적성에 안 맞는 거 같아요

이런 어처구니없는 실수를 하는 내가 너무 싫다. 마감일을 두 번이나 착각하다니 어떻게 이런 실수를. 작은 실수가 너무 컸다 진짜. 너무 큰 실수를 했어. 어처구니없게. 아 시발 진짜, 어떡해. 마감일을 챙기자. 마감일을 챙기는 거야. 마감일은 이제 진짜 확인하고 또 확인하고 세 번씩 확인하자 진짜.

90,194번째 통화

엄마, 나 엄마 유언장 봤어. 근데 사실 언젠가 나도 엄마가 쓸 줄 알았어. 나한테 말해줬었잖아. 좀만 더 살아줘.

46,589번째 통화

지난주에 죽으려고 했는데 못 했다.

66,924번째 통화

고등학교 다닐 때 도난 사건이 일어났었는데, 애들이 범인이
저라고 오해를 해서 왕따를 당했어요. 사실 제가 아니거든요.
되게 억울하고 아직도 마음속에 담아뒀는데 그냥 이렇게
이야기하고, 앞으로 생각 안 하고 살려고 하고 있어요.

17,676번째 통화

하루하루 버티며 살고 있어요.

엄마, 저는 제 자신이 왜 이렇게 미울까요.

59,559번째 통화

혼자 밥 먹느라 수고했고,

아무렇지 않은 척하느라 수고했어.

26,809번째 통화

난 할 줄 아는 게 사실 아무것도 없어. 내가 살아가는
모든 모습이 거짓인 거 같아서. 나는 진심 같은 게 없는 걸까?
진짜 나로 살아가고 싶은데, 진짜의 나는 너무 못나기만 할까 봐
겁이 나. 죽을 때까지 나는 나로 못 살아가겠지.

65,811번째 통화

그냥 네가 하고 싶은 거 다 하고 살아. 못한다고 해도 다 하고
살 수 있어. 나는 그렇게 될 거야. 시간이 오래 걸려도 상관없어.
내가 하고 싶은 건 하고 살 거야. 열심히 살 거야.

11,880번째 통화

난 요즘 꿈을 안 꿔.

사람들 눈에 나는 항상 즐겁고 행복하고 바쁘며 인싸의 삶을
살지만, 실제 내 모습은 혼자 있기 싫고 우울해서 그 감정을
느끼지 않으려 누구보다 치열하게 사는 나약한 사람이다.
하지만 누구나 힘들다는 걸 알기에 차마 말할 수 없다.

엄마랑 아빠한테 난 항상 의젓하고 착한 딸이지만 사실은
진짜 아니야. 엄청 의지하고 싶을 때도 많았고 어리광 부리고
싶을 때도 많았는데, 엄마 아빠가 실망할까 봐 못 그랬어.
엄마가 나한테 그랬잖아. 너는 아무렇게나 잘 살아남는 애라고.
근데 나는 아무렇게나 잘 살아남는 애가 아니라 그렇게
안 하면 죽어버릴 거 같아서 어쩔 수 없이 그랬던 거야.
나 병원 떨어졌어. 사실 떨어진 건 상관없어. 근데 엄마는 그게
아니잖아. 내가 병원 떨어졌다고 말하면 엄마 표정이 상상이 가.
그 표정이 상상이 가서 말을 못 꺼내겠어. 마음이 너무 무거워.
엄마 나한테 왜 그래? 입 밖으로 말하니까 속이 너무 시원하다.

34,990번째 통화

그때 이후로 한 번도 사과를 못 들은 거 같아. 나는 그때 그 기억을 계속 담고 있는데, 너희랑 즐거울 때도 문득문득 생각나고, 새로운 사람들과 관계를 맺을 때도 왕따를 당했던 그 기억이 사라지지 않아. 난 너희들이 친구로 정말 좋지만, 나를 왕따시켰던 그 시절의 나에게 사과해줬으면 좋겠어.

122번째 통화

아무한테도 기대고 싶지 않아.

63,220번째 통화

어쩌다가 이렇게 됐을까? 언제부터 이렇게 외모 강박이 심해진 건지 모르겠어. 사실 우는 것도 조금 겁이 나. 울면 부어서 다음 날 얼굴이 못생겨 보이잖아. 내 감정보다 그걸 먼저 걱정했어. 살을 빼려고 노력해서 1년 만에 7, 8킬로 정도를 뺐더니 세상이 달라지더라고. 근데 다시 쪄갈 때마다 사람들의 시선들이 무섭고, 그래서 끊임없이 마르고 싶다는 강박이 생기는 것 같아. 처음 먹고 토했던 날, 그날 라면을 끓여 먹고 마시멜로를 세 개 구워 먹었나, 그게 도저히 내 몸으로 들어가면 안 된다는 생각이 들어서 제대로 씹지도 않고 넘겼다가 그대로 토하기도 했어. 토하고 더러워서 한 이삼일 굶은 적도 있고. 엄마는 나를 거식증이라고 하고, 나를 걱정하기보다는 그냥 뭐라 하는 느낌이 강해서. 변비약을 지금까지 몇 개를 먹었는지 모르겠어. 어쩔 수가 없었어. 그렇게라도 하지 않으면 늘어버리는 내 몸무게가 너무 싫었거든. 마른 내 몸이 좋았거든. 난 예뻐야 살 수 있거든. 뚱뚱한 것보다 살 빼느라 고통스러운 게 나아. 내가 잘못된 걸까. 어쩌다 이렇게 됐을까.

77,981번째 통화

내가 잘못한 건 알겠어. 못한 게 있겠지 인턴인데. 못할 수도
있지. 근데 내가 뭐 회삿돈을 날렸어? 뭐 몇 억 날렸어?
아니잖아. 그냥 팀 진행이 늦어졌을 뿐이잖아. 그런 일이
있을 수도 있지. 내가 회삿돈을 날로 먹는 거 같아서 그래?
이제 계약까지 보름 남았는데 그때까지만 잘해주면 되는
거잖아. 너무 많이 바라지 마세요. 설명을 진작에 해주든가.
알아서 할 일을 찾으라고? 못 찾아서 미안하네요.

62,711번째 통화

아직 늦은 게 아니라고. 충분하다고. 누군가 말해줬으면.
내 인생이 너무 초라하고 실패한 것 같지 않게.

70,141번째 통화

156

생일 축하드려요. 아빠 생신 때 전화를 드렸는데 전화번호가
바뀌셨더라고요. 영원히 못 뵐 거라고 생각하는 건 아니지만
그래도 몇 년 만에 전화드렸는데 없는 번호라고 나오니까 조금
씁쓸하더라고요. 다 잘 지내고 있죠? 차라리 그때 아버지랑
통화가 안 된 게 다행인 거 같아요. 막상 됐으면 좀 어색했을
거 같아. 아버지는 새로운 가족이 생기셨으니까 제가 거기서
빠져드린 건 지금도 잘한 일이라고 생각해요. 저한테도 가족이
생겼어요. 그걸 알려드리려고 전화했던 건데 생일 축하도
드릴 겸. 이젠 아버지 미워하지 않아요. 건강하세요.

1,579번째 통화

거짓말을 진실이라 말하고 싶을 때가 있다.
거짓인 줄 알면서도.

64,301번째 통화

살면서 애를 너무 많이 썼는데 애쓰지 말자.

사람들에게 미움받기 싫어서 미움받지 않으려고 항상 착한
척, 미안한 척, 착한 사람 병에 걸린 거 같아요. 마음의 상처는
쌓여만 가는데 어떻게 해야 할지 해결 방법을 모르겠어요.
착하다고 생각했던 내가 갑자기 바뀌면 다른 사람들이 충격받고
떠날까 봐 더 두렵기도 하고요. 그래서 표현은 못 하고 아픔만
계속 쌓이고 힘이 드네요.

이모, 내가 진짜 미안해. 내가 그때 목욕탕 가자고 안 했으면,
그런 사고도 없었을 거고 그러면 이모 지금까지 볼 수 있었을
텐데. 10년이 지났는데도 이렇게 말할 때는 참 사무쳐 마음이.
그때 내가 어렸어서 아무것도 할 수 없었어. 마지막 심장 소리
못 들어줘서 미안해. 내가 다른 사람들한테 내 탓이라고 말할
수가 없어. 그러면 사람들이 아니라고, 그런 생각하지 말라고,
다 그렇게밖에 얘기 안 해. 그 말이 맞을지도 모르지만, 이모도
괜찮다고 할지 모르겠지만 나는 아직까지 마음에 두고 있어.
아직까지 이모 생각해. 나중에 천국에서 만나자. 꼭 천국에
있어야 돼. 사랑해 이모.

7,666번째 통화

글쎄, 내가 지금 잘하고 있는지
잘 모르겠어. 가끔씩 내가 어른 같다가도 가끔씩 굉장히
미숙한 사람인 거 같고. 뭐 그냥 그래.

60,632번째 통화

올해는 꼭 회사를 그만둘 거예요. 그만두고 엄청 멀리
도망갈 거예요.

7,533번째 통화

제가 고등학교 때 심적으로 많이 힘들었는데, 담임선생님께서
제가 다시 활기를 되찾을 수 있게 도와주셨습니다. 제가
이제 죽고 싶다고 말했을 때, 너는 소중한 사람이라고 말해주신
담임선생님께 감사하다고 전하고 싶습니다.

71,452번째 통화

좀 이기적으로 살아 임마. 너 싫다는 사람, 너 이용하는 사람들
과감히 쳐낼 줄 알란 말이야. 그리고 네가 하고 싶은 일만
찾아서 해. 편한 거 있음 편한 거 하고. 왜 맨날 미련을 버리지
못해서 혼자 손해 보면서 그렇게 매달리면서 사냐. 그냥
이기적으로 살아. 사람들이 무슨 말을 하든. 아 물론 너 옳다고
결정한 일에서는 꿋꿋하게 한번 버텨봐. 그래도 할 만큼 했다
싶을 땐 과감히 놓을 줄도 알고. 잘 아는 놈이 왜 이렇게 못하냐.
최선을 다해보고 그때 가서 놓아도 괜찮으니까.

42,671번째 통화

사실은 살아가는 방법을 아직 잘 모르겠다.

67,007번째 통화

사실 조금 힘이 든다. 쉬고 싶다. 주변의 모든 것들을 잊고.
나를 위해 맛있는 밥을 해먹고, 침대 위든 소파든 기약 없이
있을 수 있다면 좋을 텐데. 엄마 아빠, 사실 딸 많이 힘들어.

77,658번째 통화

20년이 넘는 시간 동안 나 자신을 증오하고 원망하고 있어.
이런 내가 너무 싫지만 아무에게도 보여주고 싶지 않은
내 마음, 내 모습을 어떻게 바꿔야 할지, 인정해야 할지
모르겠어. 이제 그만 아프고 싶어.

73,222번째 통화

저는 최근에 휴학을 했는데 신입생이거든요. 1학기에 휴학을
했는데 솔직히 뚜렷한 목표 없이 그냥 했어요. 막 후련하고
가볍고 엄청 좋을 줄 알았는데, 찝찝하기도 하고 솔직히 좀
막막하긴 해요. 휴학 이전에도 꿈이 없었고 지금도 꿈이 없어요.
그래서 자격증 공부를 하고 있는데, 이것도 그냥 살기 위해서
하는 거지 제가 좋아하는 게 아니니까 현타도 자주 오고 죽고
싶거든요 솔직히. 근데 뭔가 죽는 사유가 좀 허무하달까.
저는 유서에 꿈이 없어서 죽었습니다, 이런 내용을 쓸 거
같아요. 그러면 사람들이 얘는 꿈이 없어서 죽었어? 이런 식으로
반응이 나올까 봐 솔직히 그것도 조금 걱정이 되고, 죽는 것도
두렵고. 그냥 매번 유서를 쓰기는 써요. 죽고 싶을 때마다.
저는 그냥 꿈이 없어도 살고 싶어요.

54,694번째 통화

저는 스물네 살이고요. 지금 회사 다니고 있는데 회사가
너무 힘들어요. 일을 그만하고 싶어요.
다음 생이 있다면 다음 생에는 죽었으면 좋겠어요,
태어나자마자. 저는 사는 건 적성에 안 맞는 거 같아요.

34,276번째 통화

전시장 뒷면의 모습 :
전시 첫째 날

과연 사람들이 자신의 속마음을 남길까? 전시 하루 전날까지도 나의 가장 큰 의문이었다. 나조차도 속마음을 꺼내놓기 쉽지 않은데, 낯선 공간에서 사람들이 자신의 이야기를 꺼내놓을지 한편으로는 걱정도 되었다. 이 전시의 진짜 주인공은 사람들인데 얼마나 참여해줄지 예상할 수 없었다. 몇 통의 이야기가 남겨질까. 10통? 100통?

전시 첫날, 새벽같이 일어나 전시장으로 달려갔다. 전시장에는 어제 설치한 아날로그 전화기가 벨 소리에 맞춰 은은히 빛을 발하고 있었고, 공중전화 부스 역시 불을 켠 채 누군가를 기다리고 있었다.

전시 오픈 시간이 되자, 전화벨 소리를 듣고 한 명, 두 명 사람들이 들어왔다. 도대체 무슨 일이 벌어질까. 온몸의 촉각이 곤두섰다. 준비 기간 동안의 모든 긴장이 어깨 뒤로 바싹 와 있는 듯했다. "작업은 너의 손을 떠났어. 이제 그 세계가 어떻게 살아 움직이는지 지켜볼 시간이야"라는 소설가 친구의 말이 떠올랐다. 심호흡을 하고 지켜보는 사이, 뭐가 어떻게 되는 건지 인지할 틈도 없이 모든 게 자연스럽게 흐르기 시작했다. 벨이 울리는 전화기에 다가가는 사람, 수화기 너머 진짜 사람의 목소리가 나오자 깜짝 놀라며 친구를 불러 세우는 사람, 숨죽여 수화기 속 이야기를 듣는 사람, 공중전화 부스 손잡이를 조심스레 돌리는 사람, 눈이 촉촉해져 부스에서 나오는 사람…. 그렇게 전시 공간이 수많은 사람들의 제스처로 꽉 채워지고 있었다.

하나라도 놓칠 새라, 그 모든 모습을 관찰했다. 우주 어디에도 이렇게 날 몰입시키는 공간은 없을 것 같았다. 시간이 멈추던가, 아니면 계속되어도 좋을 것 같았다.

그렇게 첫날의 전시를 마무리하고 작업실로 돌아가는 길, 혼자 차에 시동을 켜고 도로에 나선 순간 긴장이 풀렸는지 갑자기 예상치 못한 눈물이 왈칵 쏟아졌다. 비도 안 오는데 차 와이퍼를 켤 뻔했다. "그래요. 했어요. 드디어 약속 지켰어요…!"라며 누구에게 하는지 모르겠는 말이 터져나왔다. 전시장을 다녀간 수많은 사람들이 생각나며 감사한 마음과 함께, 가슴에 품어온 공간

하나가 드디어 살아 숨 쉬었다는 감격스러움이 밀려왔다.

'나는 사라져도 좋아.'

이 세상과 하나가 된 느낌. 나는 사라져도 괜찮다는 충분한 느낌이었던 것 같다. 그건 맨날 콩나물국을 먹다가 처음으로 깊게 우려낸 사골 국물을 뜨겁게 들이켜본 느낌일지도 모른다고 생각한다. 그렇게 작업실에 도착해 자정쯤 되었을까. 조심스레 서버에 접속해 첫 녹음 파일을 클릭했다. 파도 소리가 시작되고 드디어 사람들의 목소리가 들려오기 시작했다.

미사여구 하나 없는 이야기들. 숨소리, 머뭇거림, 떨림. 가슴에 묻혀 있던 것들이 처음으로 목 끝의 작은 구멍을 통과해 터져 나왔다. 묻어 놓은 깊이만큼일까? 세상으로 터져나오는 순간, 여리지만 강렬한 파동이 지진파처럼 진동했다.

'말도 안 돼. 다들 전시장에서 재미있게 놀다 간 거 같은데, 내가 오늘 그 현장에 있어서 다 아는데. 정말 이런 이야기들을 남기고 간 거야? 아까 그 평범한 사람들 속에 이런 예상치 못한 이야기들이 숨어 있었어? 그리고 어떻게 이렇게 진심으로 자신의 이야기를 남겼을 수가 있어. 어떻게….'

가면 없이 드러낸 마음 하나가 무심히 다가온다. 누군가의 100퍼센트 진심 앞에서 나의 방패가 스르르 무너진다. 하나의 마음이 또 하나의 마음과 맞닿아 진동한다. 어느새 눈물 콧물이 되어 책상 위에 휴지가 쌓여간다. 이 세상의 누군가를 향해 자신의 마음을 연 사람들, 그 감당할 수 없는 진심에 마음이 뜨거워졌다.

처음 만난 목소리들. 그 속엔 내 예상보다 훨씬 더 많은 이야기들이 숨어 있었다. 즐거운 웃음과 무표정 속에 이런 이야기들이 숨어 있었다니. 난 그동안 겉모습만 보고 얼마나 무의식적으로 사람을 판단해왔던가. 내가 안다고 했던 건 다 무엇이었을까? 우리는 서로에 대해 무엇을 알고 있는 걸까?

첫날의 부재중 통화 384통.

그 이야기들을 다 들어갈 때 즈음, 이런 생각이 들었다.

'정말 마음의 눈으로 보면 미워할 사람이 없구나.'

오늘의 부재중 통화들은 내일부터 전화기에서 흘러나와 알 수 없는 누군가에게 전달될 것이다.

그렇게 길었던 하루가 끝나고 있었다.

솔직히 까놓고 말하면 이래

좋은 아빠이고 싶은데, 좋은 남편이고 싶은데,
좋은 사람이고 싶은데 그러지 못한 거 같아요. 때로는
저를 짓누르는 압박감처럼 느껴지는데, 저는 사실 되게
나쁜 사람이고 싶거든요.

33,025번째 통화

넌 잘 지내지 마. 그럴 자격 없어. 내가 널 얼마나 사랑했는지
넌 모르지? 이렇게 사랑해주는 사람 또 만나기 쉽지 않을 거야.
나 마음 떠난 뒤에 돌아와. 내가 매정하게 차줄게.

14,276번째 통화

어머니가 돌아가신 게 슬프지 않습니다.

48,302번째 통화

40대 여성입니다. 결혼도 안 했고 아이도 낳고 싶지 않아요.
그래도 언젠가 저도 누굴 만나겠죠?

33,709번째 통화

형! 나야. 결혼식 안 온다고 나보고 축의금 대신 내달라고
했는데, 이름도 써줬는데, 돈 안 주더라. 나중에 연락도
안 하더라. 그 후로 우리 인연 끊겼잖아. 그래서 나 이제 형
안 보기로 했어. 형, 어떻게 5만 원 때문에 사람을 버릴 수 있어?
나중에 보면 맛있는 거 하나 사주고, 10만 원 주고,
우리 다시 친해지자.

65,598번째 통화

사장님, 그 결재 잘못한 거 제가 한 거 아니에요. 과장님이
그렇게 하라고 시키셨어요. 차마 말 못 했지만 제가 틀린 건
다 과장님이 알려주신 방법대로 해서 그래요.

49,741번째 통화

하늘에 갈 준비를 하는 할아버지에게 나는 왜 끝까지
사랑한다는 말을 망설였을까?

84,087번째 통화

꿈이 없어져버려서 어떻게 해야 할지 모르겠어요.
그래서 다 포기하고 싶어. 나 좀 붙잡아줘. 기회가 왔으면
좋겠어. 꿈을 다시 찾고 싶어.

22,373번째 통화

나는 사실 아주아주 못된 사람입니다. 겉으론 착한 척하지만,
속으론 잇속을 챙기기 바빠요.

71,873번째 통화

일하러 가는 중인데
사실은 그냥 내 애가 보고 싶다.

94,107번째 통화

사실은 빚이 있어. 애기 낳기 전에 갚아야 하는데
오빠가 알까 봐 무서워. 열심히 어서 갚고 따뜻하게
행복하게 살자.

44,232번째 통화

저는 스물다섯 살이고 뭐 소위 말하는 정신병이 있는데,
잘 먹지를 못하는 병이에요. 잘 못 먹을 때도 있고 너무 많이
먹을 때도 있고. 저도 그냥 제 또래처럼 일상생활을 했으면
좋겠어요. 나를 사랑하고 싶고, 하루하루 죽고 싶다는 생각을
그만하고 싶어요. 이걸 듣는 분은 그래도 하루 세끼 잘 드실
테니까 그래도 아 애보다는 좀 편하게 사는구나 생각하시고 맘
편하게 사셨으면 좋겠어요.

73,112번째 통화

아빠 때문에 공황장애로 힘들어. 아빠가 죽었으면 좋겠다고 생각한 것만큼 나도 빨리 죽었으면 좋겠다. 같은 날 죽었어야 해. 그러면 엄마도 편했을 텐데… 미안.

26,440번째 통화

엄마. 우리 가족이 그렇게 행복하진 않았잖아. 항상 싸우는 거 보면서 살다 보니까 혼자 있는 게 너무 무서워. 사람이랑 관계를 맺는 것도 너무 무섭고, 아침에 눈뜨기가 힘들어서 그냥 안 깼으면 좋겠다고 생각한 적이 너무 많아. 누구랑 같이 있다가 집에 혼자 가거나 그럴 때도 사랑받고 싶다는 생각이 많이 들어서 너무 지쳐. 지금 스물한 살까지 살면서 가족한테 사랑받았다고 느껴본 적이 없는데, 요즘에 더 심해지는 거 같아.

2,084번째 통화

여친하고 있다고 아버지 전화 못 받은 거 죄송해요. 무심코
던지신 "밥 먹었냐, 어디냐"라는 질문에 단답으로 대답한 거
죄송해요. 집에 언제 오냐고 할 때마다, 이번 주는 바빠서
못 간다고 했던 거 죄송해요.

83,976번째 통화

전 사실 조건 만남했어요. 사실 랜덤 채팅으로 조건 만남하다가,
그동안 힘들었어요.

53,107번째 통화

엄마. 있잖아. 만약에 아빠가 바람을 피면 어떨 거 같아? 엄마는
아빠를 그래도 사랑할거야? 난 아빠가 진짜 미운데, 우리 엄마
너무 행복한 게 불쌍하다.

12,102번째 통화

부모님들 살아 계실 때 잘 좀 해드렸으면 좋겠다. 왜 도대체
너보다 30년, 40년 더 사신 분들이 무슨 죄를 지었다고
네 눈치를 보면서 그렇게 살아야 하나. 제발 자기 생각만
하지 말고 같이 좀 살자. 개인적이고 이기적인 생각을 버리고
어르신들을 챙겼으면 좋겠다.

23,766번째 통화

김 부장님, 이렇게 전화로 말씀을 드리며, 나이도 많이 드신 거 같은데 이제 잔소리 좀 줄이시고 잔소리할 시간에 유튜브에서 필라테스 이런 거 검색하셔서 운동 좀 하셨으면 좋겠네요. 왔다 갔다 거릴 때마다 바닥에서 쿵쿵 소리 나는 거 거슬렸거든요.

42,974번째 통화

뭔가 늘어놓는 말은 많은데 주워 담지는 못하는 거 같아서 생각이 많은 요즘입니다.

7,768번째 통화

내가 스물한 살 때 오빠를 만나고 6년을 연애를 하고
헤어졌잖아. 내 선택으로 인해서 헤어졌는데 두 달 전쯤에
오빠가 결혼을 했다는 얘기를 들었어. 그냥 기분이 좀
그렇더라고. 슬프거나 오빠한테 미련이 있었던 건 아닌데.
그냥 오빠는 내가 없으면 못 살 줄 알았는데 그게 아니더라고.

533번째 통화

나는 배우가 되고 싶다. 지금 나이부터 배우가 되고 싶다.
아역배우 말이다. 하지만 엄마 아빠에게는 말하기가 좀 그렇다.
우리 반에는 아역이 있다. 나도 그 친구처럼 TV에 나오고
싶다. 난 물론 눈물 연기부터 여러 개 할 수 있다. 잘할 수
있다. 드라마나 영화에 한번 나오는 게 소원인데 엄마 아빠한테
어떻게 말씀드려야 할지 모르겠다. 어떡하지. 진짜 배우가 되고
싶은데. 수의사도 되고 싶지만 배우가 더 되고 싶어요.

6,900번째 통화

주변 친구들이 하나둘씩 취직도 하고. 좋은 직장 들어가고
그런데 나는 아직 아무것도 이뤄낸 게 없어서. 돈을 벌고
있긴 하지만 그래도 부모님한테 한 번씩 용돈 타 쓰는 것도
죄송스럽다는 생각이 들고. 계속 지금 이 일을 하는 게 내
고집은 아닌지, 내 욕심은 아닌지, 불안한 생각들만
계속 나니까 더 일에 집중할 수 없는 것 같아서. 주변에선
조급하게 생각하지 말라고 하지만 환경적으로 조급해지는 게,
그런 게 너무 아쉬워요.

31,660번째 통화

사랑받고 싶어요. 겁나 뜨겁게 사랑받고 싶어요.

77,002번째 통화

오랫동안 사귄 여자친구에게 아직 헤어지자는 말을 못 했어요,
만나서 얘기를 해야 되는데 용기가 안 나는 거 같아요.
이제 마음은 정해진 거 같은데, 글쎄요. 그동안 고마웠다고
얘기해주고 싶네요. 기회가 되면 만나서 정리하고 싶어요.

46,660번째 통화

나는 참 속 좁은 사람이야. 아직 막내가 미워. 그런 막내를
아끼고 편들었던 사람들까지. 가족들 너무나 사랑하지만
응어리는 맘 깊이 자리해.

78,797번째 통화

3년 전에 남자친구가 있었는데. 그때 결혼할 나이가 아니었는지 결혼이 허락되지 않았고, 아이를 지웠어요. 근데 제가 지금 그 사람과 결혼을 하고 아이가 생겼고 8개월 차에 접어들어 딸을 갖게 되었습니다. 그때는 나만을 위한 삶이라고 생각했고 또 어렸기 때문에 그런 선택을 할 수밖에 없었다고 했는데 사실 그건 거짓말이었어요. 아이를 갖고 나서 가장 후회되는 생각이 지금은 생명을 지운 거고. 또, 주변 사람들을 많이 원망했는데 사실은 가장 원망하는 건 자기 자신이었어요. 아기에게 하고 싶은 말은 미안하다는 말이랑 절대 잊지 않겠다는 말. 이렇게 전할 수 없는 말을 던지고 갑니다.

34,123번째 통화

제일 사랑하는 사람과 그 사람 친구랑 잤어.

62,017번째 통화

팀장님, 술이 먹고 싶음 집에 가서 가족들이랑 드세요. 왜 회사 카드로 쓸데없는 회식을 해요. 그러다가 애들이 팀장님 얼굴 잊을 듯. 팀장님 얼굴은 제가 잊고 싶어요. 팀장님, 퇴근 여섯 시인데 왜 일곱 시에 해요? 야근수당 주나요? 밑에 직원들은 고통받습니다. 워라밸 지켜주시기 바랍니다.

73,607번째 통화

나는 인생 날로 먹고 싶다. 나는 정말 아무것도 안 했는데 대학 한 번에 합격하고, 임용 한 번에 합격해서 정말 멋진 지구과학 선생님이 되고 싶다.

19,225번째 통화

잘 지내? 그때 네가 나한테 물어봤었잖아. 근데 사실 맞아. 나
너 만날 때 두 명하고 바람폈어. 진짜 미안. 너를 놓아줬어야
했는데 내 욕심 때문에 계속 만났어.

23,790번째 통화

있잖아, 엄마 아빠. 내가 못 한 말이 있는데 사실 나 우울증
있는데 이게 엄마 아빠 때문이야. 진짜 너무너무 사랑하는데
엄마 아빠만 보면 너무 우울해서 미쳐버릴 거 같아. 나한테
왜 그랬어. 다음 세상에 태어나면 우리 안 만났으면 좋겠어.

46,770번째 통화

나는 3년 동안 서울에 있으면서 아무것도 이루지 못하고, 엄마한테는 너무 미안하고. 잘할 수 있겠지? 다시 일어설 수 있겠지?

37,902번째 통화

애들아, 쌤은 학교 가기가 너무 싫어. 일하기도 싫고 돈만 꽂혔음 좋겠단다. 너무 열심히들 사는 것 같아 지치고 쉬고 싶어. 빨리 집에 가자 애들아.

77,848번째 통화

나는 가끔 내 인생이 별로일 때도 많고, 태어난 거 자체가
나에게 죄악이라고 느껴질 때가 많은데. 아마도 이런 감정을
많은 사람들도 느끼고 있을 거라고 생각해요. 그래서 누군가
저에게 다시 태어나면 어떤 거 하고 싶냐고 물어보면,
저는 다시 태어나고 싶지 않다고 하는 거 같아요.

41,558번째 통화

저는 최근까지 살고 싶지가 않았는데, 그래도 세상에는
아름다운 것들이 많으니까 그런 것들을 보면서 다시 살기로
마음을 먹었어요.

25,310번째 통화

어쩌면 저를 좋아해주는 모든 사람들에게 상처 주고 싶은
그런 마음이 있어요.

43,598번째 통화

아직도 당신 연락처가 있다고요,
이게 얼마나 거지같은 일이야

오랜만이야. 네가 보고 싶은 어떤 날에는 그냥 밖으로
뛰쳐나가서 택시를 잡아타고 너에게 가달라고 말하고 싶은 날이
있어. 그대로 너한테 달려가면 넌 어떤 얼굴을 할까.

53,220번째 통화

참 힘든 하루였어요. 정말 더럽게도 힘들더라고. 아직도 당신
연락처가 있다고요. 이게 얼마나 거지같은 일이야. 나도 내가
이상해요. 보고 싶다고 했다가 거지같다고 했다가 그립다고
했다가. 행복하면 좋겠어요. 그렇게 갔으면 행복해야지.
안 그래요? 그렇게 다 두고 떠났으면 행복해야죠. 이제는
괜찮죠? 아프지도 않죠? 건강하죠? 이게 무슨 말인가 싶네.
횡설수설해요. 말 한마디로 나를 잘 달래주던 당신이
보고 싶어요.

61,450번째 통화

언니. 좋아해줘서 고마운데, 저는 언니 안 좋아하니까 앞으로
이런 일 없었으면 해요. 누가 이거 듣고 언니라고 하니까
이상하게 보겠지만. 누가 들어줬으면 좋겠어서 남기는 거니까.
아픈 길은 걷지 맙시다, 자꾸. 친구로도 못 지낸다는 거 잘
알잖아요. ˊ

52,711번째 통화

좋아하는 여자애가 있는데, 너무 좋은데 표현을 잘 못 하겠네요.
그냥 바라만 봐도 좋은데 저 친구가 언제 떠나갈지 몰라서
슬픈 거 같기도 하고.

9,300번째 통화

여자친구 생기니까 본격적으로 럽스타그램하려고 비공개
계정으로 바꾼 거냐? 그래, 네가 비공개 계정으로 바꿔서 매일
미친년처럼 한 시간마다 쳐다보던 네 인스타그램 안 보게 돼서
좋은데, 궁금한 마음은 어쩔 수 없다. 이제 욕밖에 안 나와.
바람도 병이야. 한 명한테 집중 못 하는 것도 병이야. 너는 또
다른 여자 만날 거야. 뻔할 거야.

18,450번째 통화

여보, 마누라. 당신을 정말 사랑했어. 그건 알아야 돼. 당신과의
이혼은 내 뜻이 아니었다. 당신이 그때 집을 나가지 않았으면
우리는 지금도 같이 있을 텐데.

33,890번째 통화

오빠, 있잖아. 오빠는 나랑 결혼하고 싶다고 하고 나도 오빠가 좋긴 한데, 그러기엔 오빠는 너무 막 살았어. 좀 더 잘 살지 그랬어. 나는 당신하고 행복하고 싶지만 그렇다고 반지하에서 행복하고 싶진 않아. 너도 사랑받으면서 크고 싶었을 거고 행복하게 살고 싶었겠지만은 그러기엔 네가 해놓은 게 너무 없다. 그래서 난 당신이 참 부끄럽고 걱정되고 그러면서도 사실 한심해. 오빠가 열심히 살았으면 좋겠어.

12,224번째 통화

못 듣겠지만, 나 5월에 결혼해. 너도 12월에 결혼한다는 얘기 들었어. 참 삶이 어떻게 될지 모른다. 서로 행복하게 잘 살아보자.

35,312번째 통화

헤어진 지 3년 됐나? 한 10년 후면 연락 안 할 거니? 자꾸 번호
남겨놓지 마. 사람 싱숭생숭하게. 난 이제 연애한다는 거 자체가
지쳐. 나도 나를 케어 못 하겠는데 누가 날 케어해.

43,021번째 통화

저는 40대 주부입니다. 재혼 가정과 결혼하다 보니 생각보다
많이 힘들더라고요. 저는 초혼이었고, 남편은 재혼이었는데
말로는 친엄마처럼 키운다곤 했지만 그게 그렇게 쉬운 건
아니더라고요. 남편은 남편대로 자상하지가 않고요.
그럴 때마다 이 결혼을 포기할까 하다가 갑자기 늦둥이가
생기는 바람에 현재까지 지내곤 있지만, 지금도 이 결혼을
유지해야 하는 건지, 아니면 정리해야 하는 건지 잘 모르겠어요.
이런 얘기는 친구들한테도 말 못 했는데 그래도 얘기하고 나니
좀 편안해요.

29,399번째 통화

진짜 솔직히 나 지금 쪽팔려 뒈질 거 같아. 진짜 여태까지 잘
참았는데, 3주 넘게 잘 참았는데. 내가 헤어지자고 그렇게
단호하게 얘기해놓고 결국 막판에 연락을 해버린 게. 그리고
연락도 되게 찌질한 방법으로 했어. 내가 정말로 그 사람이랑
얘기를 하고 싶었으면 '오빠 오늘 퇴근하고 시간 돼요?', '잠깐
얼굴 좀 볼까?' 이랬어야 됐는데. 누가 봐도 미련 뚝뚝 떨어지는
그런 카톡 있잖아. 이번엔 다를 줄 알았는데 또 했네. 난 원래
이럴 수밖에 없는 사람인가 싶기도 하고. 내가 갑의 위치에서
헤어지고 싶어서 그랬는데, 결국엔 또 을이 됐네.

60,647번째 통화

오빠가 잘 지냈으면 좋겠고, 잘 지내지 못했으면 좋겠어.

오빠가 나를 잊지 않기를 바라고, 나를 잊기를 바라.

오빠를 만나고 싶고, 만나기 싫어. 결론만 말하자면, 아예 이런

상반되는 생각조차 안 나게 아무 의미 없는 존재가 되어줘.

54,527번째 통화

내가 너를 용서하기에 너는 너무 선을 넘었어.

71,752번째 통화

너랑 좀 더 성숙했을 때 만났더라면 참 좋았을 거 같아.

아니, 우리가 성숙했을 때라면 안 만났을 것 같기도 하고.

26,791번째 통화

엄마 잘 지내? 요새 뭐 하고 사나 궁금하기도 해서.

많이 보고 싶었고 그냥 보고 싶어.

16,388번째 통화

오늘 어버이날이에요. 엄마 아빠 사이는 남남 같아요.

통화하면서 아빠가 나한테 들려주는 일상을, 그런 이야기를

엄마랑 하면 더 좋을 것 같은데, 50년 가까이 살아가면서 서로를

그렇게 모르면 어쩌자는 건지. 엄마 아빠 사이가 너무 남남

같으니까, 가끔은 그냥 이혼하시고 따로 사는 게 더 낫지 않나,

그런 생각도 들어요. 지금 상태로라면 엄마 아빠가 돌아가셔도

아무런 감정이 안 느껴질 거 같아. 아빠, 엄마 독한 사람 아니고

아빠가 그렇게 만들고 있는 거고, 엄마, 아빠 그렇게 시시껄렁한

사람 아니고 그 사소한 일상으로 사시는 분이니까 서로

이야기를 좀 했으면 좋겠어.

56,965번째 통화

너 그렇게 사는 거 아니야. 언젠가 한번 내가 정말 예쁘게

꾸몄을 때 마주쳐 봐. 인사하지 않고 당당하게 쌩까주겠어.

4,094번째 통화

당신 닮은 사람만 보여.

38,905번째 통화

다시는 만나지 말자. 진짜 다시는 만나지 말자. 덕분에 좋은
사람 되긴 했는데, 진짜 다시는 만나고 싶지 않아. 고마운데,
다음 생에도 그다음 생에도 보지 말자.

13,194번째 통화

모두가 반대했던 연애였고 마지막까지 비참하게 끝났는데 난 왜
아직도 미련이 가득한지. 당장이라도 달려와줬으면 좋겠다.

77,753번째 통화

설아, 감히 이 말을 전해도 될지는 모르겠지만, 보고 싶어. 많이.

82,857번째 통화

좋아하는 애가 있는데 만우절에 고백했다가 차였어요.

그럴 땐 어떡하죠?

6,466번째 통화

넌 쓰레기라는 말도 부족하다. 넌 폐기물이야. 세상 좁다.

네가 나 만날 때 만났던 여자분 만났어.

16,050번째 통화

엄마 있잖아, 엄마한테 꼭 하고 싶은 말이 있어. 난 엄마를
사랑하지 않아. 언젠가 엄마에게 이 말을 하면 내가 엄마를
사랑할 수 있을까? 난 상처가 참 많아. 근데 엄마한테 단
한 번도 사과를 들어본 적이 없어. 근데 나는 엄마한테 항상
미안하다. 그래서 나는 엄마가 미워. 나는 참 아픈데 엄마한테
너무 미안해. 나는 엄마가 많이 슬펐으면 좋겠어. 나한테 아픔을
준 만큼 엄마도 아팠으면 좋겠고. 그래서 내가 너무 미안해.

48,502번째 통화

여기는 이제 밤에 좀 쌀쌀해. 입김이 난 지 오래야. 온도 차로
맺히는 습기라든가, 얼음장 공기라든가, 그런 촉감에 일어나는
닭살이나. 네가 잘 자라고 하던 문자에 설레던 밤이 있었던 것
같은데 10년이란 시간이 흘렀어. 이제 너랑 주고받던 쪽지,
속삭이던 소리도 기억하지 못하고, 어떨 때는 온전한 기억으로도
남아 있지 않아서 안도를 하면서도 잠들 수가 없어. 10년이라는
시간이 지나면서 나 때문이라는 죄스러움이 남았는데,
너는 내 든든한 친구였고 나는 네가 참 좋은 사람임을 알아.
네가 지금은 이 땅에 없지만 꼭 행복했길 바랄게.

1,386번째 통화

오빠가 정말 너무 미웠어. 지금도 용서가 안 돼서 얼굴
떠올리기도 싫은데, 어쨌거나 지금은 잘 지내고 있어. 좆같은
새끼지만 용서해줄게.

600번째 통화

잘 지내길 엄청 바랐는데. 잘 못 지내서 전화 한 통 왔으면
좋겠다 싶은 게 사람 마음이더라.

27,769번째 통화

너는 2년이나 만났던 여자친구를 두고 나랑 바람핀 다음에 또
그거를 숨기고 다른 여자랑 바람을 펴서 지금까지 만나고 있는
거 같더라. 다섯 살이나 어리던데 네 여자친구가 그거 아니?
내일모레 서른인데 그렇게 살지 마라. 세계에서 제일 잘나가는
조각가가 되고 싶다고 했는데 그딴 식으로 해서 절대 못 하고,
전시해도 내가 가서 다 부숴버릴 테니까 절대 그런 생각하지 마.
알겠지?

59,419번째 통화

나는 당신을 사랑합니다.

당신은 날, 아닙니다.

30,211번째 통화

행복하지 마. 난 아직도 다 못 잊었어.

나 없이 절대로 행복하지 마.

51,390번째 통화

네가 그때 나한테 그랬잖아. 우리는 바다에서 만났으니까
다시 돌아가는 것도 바다일 거라고. 나는 그 말이 인상
깊었거든. 아직도 잊지 못하는 말인데, 너는 그 말을 기억하고
있어줄 거 같아. 너랑 나는 둘 다 여자고, 그런데도 부모님께
허락까지 받을 정도로 서로 많이 좋아했는데.
그냥 주변 사람들 때문에 이렇게 된 게, 나는 너무 슬픈 거 같아.
어떻게든 다른 사람 만나려고 해도 네 생각만 나고,
앞으로도 그럴 거 같아. 함부로 다른 사람 못 만날 거 같고, 너를
잊을 수 없을 거 같아. 그게 나를 되게 힘들게 만드는 거 같다.
날씨 추우니까 옷 따뜻하게 입고 다녀. 언제나 그랬던 것처럼
앞으로도 널 사랑할게.

57,352번째 통화

언젠가 우연히 만나자. 같이 웃고 이런 건 못 하더라도 만나자.

서로 스쳐가더라도 그렇게 우연히 만나자.

20,163번째 통화

나의

부재중 통화들

　　사람들의 수많은 부재중 통화와 함께하며 나의 부재중 통화에
대해 생각해본다. 왠지 쑥스러워 부모님에게 한 번도 사랑한다고
말하지 못한 것부터, 아직도 떠올리면 아픈 어릴 적 상처, 용기가
없어 전하지 못했던 진심들. 어릴 때부터 지금까지 내 삶 속의 여
러 장면들이 떠오른다. 그러고 보니 하나같이 연약한 단면을 지
니고 있는 것들이다. 그중 이 작업과 연결된 이야기가 떠올라 고
백해본다.

　　＊

　　마흔 전의 나는 스스로 꿈꾼 이상적 인물, 그 자아상에 충실했
다. 밝고 긍정적이고 활기찬 내가 좋다고 느꼈다. 우울하거나, 짜
증 나거나, 무기력감이 올라올 때는 최대한 감정을 회피했다. 불

편한 감정이 올라올 때면 바로 인터넷을 열거나 친구와 수다를 떨고 작업에 몰두하는 식으로 넘어가버렸다. 화나 분노가 올라오면 얼른 그 안의 좋은 의미를 찾거나 상대를 이해하며 그 감정에서 벗어나버리는 식이다. 그게 삶의 지혜라고도 생각했다. 부정적 에너지를 느끼지 않고 좋은 감정만 충분히 느끼고 독려하며 앞으로 전진했다.

어느 날부턴가 균열이 찾아왔다. 신나게 열정적이다, 다음 날 완전히 무기력해지곤 했다. 그래도 훌훌 털고 관성대로 날 이끌었다. 그따위 부정적 감정은 떨쳐버리라고 수십 번, 수천 번 당근과 채찍으로 날 단련시켰다. 내 마음을 외면하는 스스로에 대한 착취인 줄은 생각지도 못했다. 긍정적이고 열심히 사는 게 최고라고 생각했으니까. 그러나 점점 삐걱대더니 더 이상은 움직일 수 없는 지점에 이르렀고, 내가 나라고 생각한 자아상과는 정반대의 내가 되어 있었다. 속으로 끊임없이 냉소적이고 우울하게 지쳐가는 나. 그저 훌쩍 떠나고만 싶었다. 그토록 사랑했던 회사였는데 사무실에 들어갈 때면, 차곡차곡 날개를 접은 채 빛이 들어오지 않는 새장 속으로 들어가는 느낌이 들었다. 작은 새가 숨을 헐떡이며 축 늘어져 있었다.

'모든 게 완벽한데, 나는 이 세상에 없구나⋯.'

사회적으론 내가 꿈꾸던 성공의 모습 속에 있는데, 실제 난 날개 접힌 새가 되어 점점 사라지고 있었다.

그 무렵 너무나 인상적인 꿈을 꾸었다. 아마도 살면서 마지막으로 가위에 눌린 날일 것이다. 꿈속에서 나는 지쳐 있는 나에게 이런 말을 했다. '그건 단지 생각일 뿐이야, 일시적 느낌일 뿐이라고. 뭐 그런 거 가지고 이렇게 처져 있어. 이겨내버려!' 아마도 수천 번 스스로에게 했던 말일 것이다. 그 말을 하자마자 갑자기 가슴 정중앙에서 펄펄 끓는 기운이 느껴지며 커다란 용암 주먹이 가슴을 뚫고 올라오기 시작했다. 미친 듯 뜨겁고 분노한 에너지. 내 가슴 전체를 태우며 얼굴을 향해 다가오고 있었다. 정말이지 죽을 것 같은 엄청난 공포였다. '자다가 미쳐버리는 사람이 있다는데, 이런 경우일까? 내일 아침 일어나면 사람들이 그 여자 자다가 미쳐버렸더라는 이야기를 수군거리는 건 아닐까?' 그만하라고, 그만 좀 하라고. 내 안의 무언가가 미친 듯이 화내고 있었다. 너무 무서웠다. 눈을 떴는데 몸이 움직여지지 않았다. 누군가 부르고 싶은데 목소리가 나지 않았다. 그렇게 옴짝달싹 못 하고 있는데, 내 침대 위로 무언가가 떠다녔다. 투명하고 검은 박쥐 모양의 개체들이 마치 관중석에서 경기장의 선수를 비웃듯 야유를 보내며 내 침대 위를 빙빙 돌며 날고 있었다. 날 야유하고 있었다.

그 꿈 이후, 내가 할 수 있는 건 하나밖에 없었다.
항복.
그냥 무릎 꿇는 수밖에 없었다.

아니면 죽을 것 같았다.

*

회사에는 마음의 감기가 걸린 것 같다고, 잠시 쉬고 올 테니 잘 부탁한다는 전체 메일을 보냈다. 하루 종일 거실 소파에 누워 시간을 보냈다. 아침부터 밤까지 창밖의 나뭇잎이 떨어지는 것을 바라보는 일이 전부였다. 회사에서의 역할뿐 아니라 엄마도, 아내도, 며느리도, 딸도 그 어떤 사회적 역할도 하고 싶지 않았다. 자본주의의 '자'자도 싫고 크리에이티브의 '크'자도 싫었다. 난 나에게 진절머리를 내고 있었다. 하지만 이런 말을 할 수가 없었다. 아무도 날 이해해주지 않을 것 같았다. 열정적으로 돌아가는 회사의 수장이 이런 마음이라니. 절대 꺼내서는 안 될 이야기, 내가 속한 세계에선 환영받지 못할 이야기, 금기시되는 이야기라고 생각했다. 그렇게 가장 낯선 나, 받아들이고 싶지 않은 내가 날 찾아왔다.

지금 생각하면 나는 스스로에게 솔직해지는 법도, 나를 사랑하는 법도 알지 못했던 것 같다. 칼 융은 신경증을 '자신과의 불일치'라고 정의했는데, 나야말로 사회로부터 학습된 이상적 자아를 우선으로 두고, 현재 나의 감정과 내면의 목소리 따위는 전혀 중요치 않게 여기며 나를 소외시키고 있었다. 나를 버린 건 다른 누구도 아닌 나 자신이었다. 끊임없이 외부의 성공과 인정으로 내 안을 채우고 싶었지만, 새벽에 문득 찾아오는 공허함은 피할 수 없었다.

이런 과정을 통해 내가 알게 된 건 그 모든 감정이 자연스럽게 흐르도록 마음을 열어두는 것이었다. 감정을 좋고 나쁨으로 판단하지 않고 나에게 일어나는 모든 생각과 마음을 모두 받아들이고 이해해주는 것이다. 감정의 영역은 도덕, 사회적 윤리와는 전혀 상관없는 부분이라 살인하고 싶은 마음부터 누군가를 사랑하는 마음까지 한 마음 속에서 일어날 수 있다. 그것을 머리로, 이성으로 판단하지 않고 마음의 영역에서 한없이 자유로워지는 것. 나에게 들어오는 모든 감정에 저항하지 않고 있는 그대로 포용하고 느껴주는 것. 이것이 내가 새로이 알게 된 '솔직함'이자 '나를 사랑하는 법'이다. 신기한 건 현재의 감정을 흘려보내고 나면, 다음 페이지에 내가 무엇을 해야 하는지 더 자연스럽고 지혜로운 나다운 방법이 떠오른다는 것이다. 또한 내가 원하는 게 뭔지, 요즘 마음이 어떤지 스스로에게 자주 물어봐준다. 내가 나의 절친이자 연인, 푸근한 할머니가 되어주는 것. 그것이 평생 나에게 해주고 싶은 일이다.

하지만 무기력함, 열등감, 미움, 거부당함 등의 불편한 느낌이 올라올 때면, 또다시 다른 곳으로 회피하려는 나를 발견한다. 여전히 그것을 마주하는 것은 힘들다. 하지만 알아차리는 즉시 호흡을 가다듬고 이야기한다. '잠깐 멈추자. 그리고 이 세상의 단 한 사람, 바로 내가 내 안의 약하고 아픈 마음과 함께 있어주자.

언제까지라도.' 스스로의 감정을 책임지고 돌보는 법을 배워가고 있다. 이 과정을 통해 나라는 사람이 한없이 유치하고 약해질 수 있는 사람이며 동시에 그런 나를 포용할 수 있는 사람이라는 사실에 홀가분해진다.

다시 이야기를 이어가자면, 거실 소파와 한 몸이 되어 지낸지 열흘쯤 되었을까. 아무것도 하고 싶지 않았는데 처음으로 무언가 하고 싶은 마음 하나가 올라왔다. 바로 '엄마' 역할이었다. 그동안 항상 일에 치여서 아이들을 살뜰히 챙겨주지 못했다는 생각이 들어 교문 앞에 아이를 마중 나가고 싶다는 생각이 들었다. 누군가에게는 평범한 오후의 일상을 보내보고 싶어졌다. 석 달쯤 지나서는 문득 라디오에서 흘러나오는 소리에 내 마음이 반복적으로 반응하고 있다는 걸 알아챌 수 있었다. 스스로를 표현하며 사는 사람들의 이야기였는데 이상하게 그 지점에선 멈춰버린 심장이 다시 뛰었다. 그렇게 모든 의지를 놓아버리고 그저 항복하고 털퍼덕 주저앉자, 내 일상을 꽉 채우고 있던 엔진 소음이 멈추고 탁한 부유물이 하나씩 가라앉기 시작했다. 그제서야 마음이 나에게 보내고 있던 신호를 감지할 수 있었다.

'사실 진정 내가 원하는 건 딱 두 가지뿐이구나. 내가 사랑할 수 있는 사람들을 충분히 사랑하는 것. 또 다른 하나는 스스로를 표현하며 사는 사람이 되는 것. 나머진 모두 장식일 뿐이구나.'

이후의 삶은 그 두 개의 중심축을 향해 방향키를 계속 돌리는 일이었다. 선택지가 올 때마다 '하고 싶다'와 '해야만 한다' 중에 최대한 '하고 싶다' 쪽으로 방향키를 움직였다. 사라져버린 나를 다시 살려내고 싶었다. 나 자신을 향해 항해하고 싶었다.

살다 보면
세상의 끝에 서게도 되지

암이어서 수술을 했는데, 항암치료까지 다 했는데. 스무 살인데, 그게 너무 억울해서. 나 아프다는 게 너무 억울해서. 왜 나는 스무 살에, 이렇게 청춘의 나이에 수술을 하고 그랬는지. 술도 먹어보고 싶었는데 못 먹었고. 어딘가로 갔으면 하고.

75,475번째 통화

저는 올해 3월에 코로나에 걸렸어요. TV에서만 보던 확진자가 제가 되고 나니까, 너무 견디기가 벅차고 힘들더라고요. 한 3개월 지나서 이제야 정상적으로 회복이 되었는데 좀 잔상이 남았어요. 흉터랄까? 괜찮은 거 같으면서도 나에게 벌어진 일이 없어지는 건 아니니까. 저와 같이 많은 사람들이 극복했으면 좋겠어요. 나도 죽지 않고 살았으니까. 시간이 약인 코로나니까 괜찮아질 거라고. 힘들어도 지나가기 마련이죠.

81,574번째 통화

나의 우울이, 나의 공황이, 나의 과호흡이, 나를 더 이상
집어삼킬 수 없도록 강해지고 싶어요.

54,061번째 통화

여자 나이 삼십에 다 가는 결혼 끌려가듯이 하고 싶진 않고,
결혼하자니 돈이 없어 집이 없어 시간이 없어라는 핑계를 대면서
이렇게 2019년이 흘러간 거 같습니다. 행복하자고 결혼하는 건
말도 안 되는 거 같고, 결혼을 해서 행복하자니 그건 또 말도 안
되는 거 같고. 그냥 삶 자체가 행복했으면 좋겠네요.

40,740번째 통화

낙천적이고 즐겁고 보는 사람들이 기분 좋아지는 그런 귀엽고
상냥하고 쾌활한 할머니가 되고 싶어요. 거울 보면 그저
밋밋하고 조금은 지쳐 있는 나이든 중년 아줌마의 얼굴만
보이네. 그래도 많이 좋아진 거지. 울지 않고 너무
억울해하지도 않고.

51,556번째 통화

입시 그만두고 싶다. 세상에 생각보다 천재가 정말 많은 거
같아. 나는 내가 천재인 줄 알고 입시를 시작했는데, 알고
보니까 그냥 글 좀 써본 행인 1. 음… 근데 이걸 부모님한테
말하면 이해해주실까. 여기까지 와버려서 너무 힘들어.

68,001번째 통화

아픈 거 엄마 탓 아니야. 건강하게 오래오래 살 거니까 엄마 너무 자책하지 마. 엄마가 잘못 낳아서 엄마가 죄인이라고 한 말, 엄마 그런 생각하지 마. 나 잘 버틸 거야. 잘 버텨서 머리 속에 나쁜 거 그거 다 버리고 수술하면 잘될 거니까 우리 다 같이 힘내자. 엄마가 잘못 낳아서 미안하다는 말 하지 말고, 아빠도 마음 아파하지 말고. 나 열심히 이겨낼 거니까 걱정하지 마세요.

2,401번째 통화

사실 한국에서 지하 아이돌을 하고 있는데요. 두 명이서 활동을 하고 있는데 제가 무대에 서는 거 자체를 좋아해서 시작한 일인데, 노래도 잘 못하고 춤도 잘 못 춰요. 그래서 남들보다 몇 배 더 연습이 필요한 건 맞아요. 근데 모르겠어요. 아무리 좋아하는 일이어도 안 좋은 시선을 받고, 한소리 들으면서까지 내가 이 일을 해야 하는 걸까. 못한다, 연습이 필요하다, 그런 소리 들을 때마다 잘못된 거 같아요. 하면 안 될 거 같아요.

80,333번째 통화

매번 그냥 한번 해보는 거라고 얘기하지만,

사실 매번 너무 간절하다.

77,184번째 통화

음식을 통해서 위안을 찾는다는 게 얼마나 얄팍하고 어리석은
짓인지 너무 잘 알고 있는데, 끝없는 우울 속으로 빨려들 때면
허한 마음을 채워줄 무언가를 찾게 돼요. 그게 저에게는 음식인
거죠. 쉽게 말해 저는 폭식을 해요. 그냥 많이 먹었다, 배부르다
정도가 아니라 정신건강 의학과에서 진단하길, 스트레스성
폭식증을 앓고 있어요. 너무 힘들 때 눈이 확 돌면서, 냉장고에
있는 모든 것들을 털어서 구겨 넣고 정신 차리면 배가 너무
빵빵해져서 숨 쉬기조차 힘든 상태예요. 그때 느끼는 비참함은
이루 말할 수 없어요. 근데 저는 그렇게 위안을 받아요.
친구들은 제가 이러는 걸 전혀 몰라요. "뭐 피자 많이 먹으면
얼마나 먹을 건데, 많이 먹어봤자 세 조각 아니야?"라고 하겠죠.
근데 나는 두 판도 먹어치울 수 있어. 나는 그냥 살고 싶은
거야. 살기 위해서 발버둥치고 있는 거야. 속을 뭐라도 채우지
않으면 너무 우울해서 죽어버릴 거 같아. 친구들이 음식 대신에
자기들이 고민을 들어주겠다고 말하는데,
나한테 고민은 삶 그 자체야. 존재하기 위해서, 그냥 이 삶을
영위해나가기 위해서 포기한 것들이 너무 많아. 삶은 유료야.
정신과 약 처방도 유료고. 모든 게 유료야. 친구관계도 유료지.
그렇지 않아? 건강하지 않다는 건 제가 스스로 알아요. 그렇다고
제가 뭘 할 수 있을까요.

85,500번째 통화

해가 뜨기 전 새벽이 가장 어둡다고 하네요.

아무리 힘든 일이 있어도 힘내세요.

41,357번째 통화

아빠는 내 선택을 실수라고 했지만 난 그때 엄청 진심이었어.

그렇게 죽고 싶을 만큼 힘들었고, 그래서 스스로 죽으려고

선택한 거니까 실수라고 치부하지 않았으면 좋겠어. 지금이야

어떻게 살아나긴 했지만, 난 아직도 죽고 싶거든. 그러니까 제발

나보고 열심히 살라고 좀 하지 말아줘.

43,577번째 통화

사라지고 싶어요. 그냥 사라지고 싶어요. 숨 쉬는 게 너무 피곤해요. 생각하는 것도 피곤하고 그냥 세포가 호흡하는 게 귀찮아요. 딱히 불행한 일도 없는데 그러고 싶어요.

50,237번째 통화

공황이라고 하기도 좀 그렇긴 한데, 발표를 하면 눈앞이 새하얘지고 아무것도 생각이 안 나고, 대본을 준비해가도 안 읽히고. 다른 사람들은 다 가볍게 하는 건데도 저는 몸이 덜덜 떨리면서 숨 쉬기도 힘들더라고요. 저도 그러고 싶지 않은데 사람이 너무 무서워서…. 내가 왜 이러는지 모르겠는데, 다들 그냥 발표하기 싫은 걸로 보고 건성으로 한다고 생각해서 조금 후에 있을 발표가 걱정돼요. 나는 진짜 준비를 많이 하기도 하고, 시뮬레이션도 엄청 돌려보고, 그렇게 해서 앞에 선 건데.

83,754번째 통화

밤일 그만하고 싶다. 가족들이 나를 놓아주기를.

평범하게 살고 싶어요.

64,442번째 통화

요즘에 나는 널 생각하면 너무… 그러니까 그 소중한 존재

하나하나를 가족으로 받아들이고 싶다면 네가 그 존재를 끝까지

책임지고 지켜줬으면 좋겠어. 만약에 그때로 돌아가면 나는

절대 너희들을 받지 않을 거야. 정말 미안했어.

다음에 나를 보면 많이 화내주길 바랄게.

22,659번째 통화

앓게 된 지 올해로 8년 된 심장병 때문에 기억력이 감퇴되고
심장이 자꾸 멈춥니다. 어떻게 살아가야 할까 고민했지만,
이제는 당당히 살아가려 합니다.

88,870번째 통화

원래 저는 황홀한 꿈을 갖고 있었는데, 현재 군복무 중에 어머니
건강이 많이 악화됐습니다. 그래서 이번 생에는 엄마를 위해서
꿈을 접고 좀 더 안정적인 직장을 가지려고 합니다. 엄마도
이해해주시겠죠.

30,598번째 통화

나 사실 자살 시도 되게 많이 했어. 근데 정말 죽고 싶어도 뭔가 힘이 되어주는 사람 한 명쯤은 있더라. 그 사람이 너무 고마워서 살고 있어.

76,991번째 통화

엄마가 해준 미역국이랑 미역줄기랑 김치찌개랑 매생이국 먹고 싶다. 엄마가 해준 밥 먹고 싶다. 집 가고 싶다.

68,041번째 통화

나도 날 잘 모르는 거 같아.

친구 없어도 괜찮은 척하지만 사실 졸라 외롭다. 사막에 살고 있는 기분이다. 사람한테 좋아한다 얘기하고 싶은데 나를 싫어할까 봐 얘기도 못 한다. 사실 겁나 시크한 척하지만 굉장히 나약하다.

자유롭고 싶다. 정신병이 다 나으면 자유로울 수 있을까요?

수능을 마친 고3이에요. 근데 결과가 좋지 않아서 지금까지
해왔던 게 다 아무것도 아닌 거 같아서 무서워요. 정말
이 악물고 버텼는데, 결과가 좋지 않아서 힘드네요. 누군가가
이걸 듣는다면 제가 듣지 못해도 괜찮다고 한마디 해주세요. 그
한마디가 듣고 싶은데 아무도 해주지 않네요.

42,700번째 통화

제 이야기를 들어주실 당신은 누구신가요? 저는 열여섯 살에 행복해지고 싶은 한 소녀입니다. 하고 싶은 말이 너무 많아서 몇 자 적어왔어요. 저는 다음 주 엄마와 이별하게 됩니다. 왜 이렇게까지 됐는지 모르겠지만 엄마는 더 이상 아빠를 사랑하지 않는대요. 저는 처음으로 아빠의 눈물을 봤어요. 아빠는 저에게 괜찮다고, 아무 일 없을 거라고 반복하셨어요. 마치 자신에게 이야기하는 것처럼요. 그리고 저는 이날 남자친구에게도 이별 통보를 받았습니다. 이날은 저의 생일이었습니다. 아빠는 평소에 안 하던 미역국도 웃으며 해주셨고, 저는 그 미역국을 하나도 남기지 않고 다 먹었습니다. 엄마도 며칠 뒤에 저에게 말하셨어요. 제 손을 꼭 잡으면서 절 사랑한다고 미안하다고 하셨어요. 울면서 말하는 엄마를 미워할 수 없었어요. 저는 그저 그게 엄마가 행복해질 수 있는 길이라면 엄마를 미워하지 않는다고, 그러니 미안해하지 마라고, 엄마가 행복했으면 좋겠다고 이야기를 했습니다. 이런 이야기를 하고 나니 마지막이 되겠구나 싶더라고요. 아침에 날 깨워주는 엄마의 목소리, 저녁에 안부를 물으며 하하 호호하는 웃음소리, 방을 좀 잘 치우라는 엄마의 잔소리 이 모든 게 소중해졌습니다. 지금쯤 엄마는 아마 짐을 싸고 계실 거예요. 제가 아침에 여기 있어도 되는지 제가 이 세상에 존재해도 되는지 잘 모르겠더라고요. 앞이 깜깜해요. 모두가 날 버린 거 같아요. 모두가 날 싫어하는 거 같아요. 남들보다 항상 행복해지고 싶다던 저는 다른 사람이

되어버렸어요. 행복하지 않아요. 저는 제 자신을 사랑하지
않아서 남을 사랑할 수 없어요. 사실은 사랑받고 싶었어요.
2019년 12월 19일. 그저 사랑받고 싶었던 열여섯 살
소녀의 이야기.

42,219번째 통화

하고 싶은 게 너무 많았는데 언제부터 참게 된 걸까.

61,006번째 통화

스무 살인데 지금까지 산 게 하나도 안 아까우니까 그냥 미련
없이 고통스럽지 않게 죽게 해줬으면 좋겠어요, 누군가가.

59,965번째 통화

요즘은 사실 내가 생각보다 하찮은 존재일 수도 있겠다는
생각을 되게 자주하고 있어요. 원래 같으면 자주 시도해봤을
만한 일들도 자주 주저하게 되는 것 같고. 새로운 게 어려운
만큼 익숙한 것도 어려운 것 같고.

37,770번째 통화

아무도 해주지 않은 말이었지만, 내가 듣고 싶었던 말이기에
여기에 남깁니다. 당신 잘못이 아니에요. 당신은 아무 잘못이
없고 당신을 좋아하는 사람이 많아요. 누군가가 당신 옆에
있다는 걸 알아주세요.

28,638번째 통화

저는 나희덕의 '땅 끝'이라는 시를 좋아하는데요. 가끔씩 제가
땅 끝에 서 있다는 느낌이 들어요. 이젠 정말 갈 곳이 없다,
더 나아갈 곳이 없다, 그래서 여기서 주저앉을 수밖에 없다는
생각이 들어요. 나희덕의 시에서 보면 자꾸 그럼에도, 그렇게
힘듦에도 땅끝으로 가게 된다는 구절이 나옵니다. 요즘
그 나희덕의 시를 보고 많이 위로받고 있어요.

10,046번째 통화

회사에서 잘렸어요. 이제 8개월 됐는데. 1년 채우고 싶었는데.
경력 한 줄 쓰고 싶었는데 일 못한다고 잘렸네요.
뭐 더 좋은 도전을 할 수 있다는 계기로 받아들이고 새로 다시
시작해보려고요.

3,049번째 통화

혼자 있고 싶습니다. 아무도 나한테 말 안 걸고 저도 말하지
않고 가만히 누워만 있고 싶어요. 한없이 세상 끝에 나 혼자서.
그럴 수 있는 날이 올까요?

54,326번째 통화

괜찮다고 답해도
끈질기게 물어봐주면 좋겠어

엄마, 엄마가 이제 돌아가신 지도 3개월이 됐어. 나는 잘 버티고
있어. 무너질 거 같을 때도 많은데 그래도 내가 너무 빨리
엄마를 만나러 가면 엄마가 마음 아파할 거 같아서 버티고 있어.
그러니까 내가 조금 더 힘낼 수 있게 엄마가 응원해줘.
엄마 사랑해. 보고 싶어.

38,839번째 통화

가끔 도망치고 싶어도
어디로 도망쳐야 될지 모르겠어요.

21,076번째 통화

채식을 시작했는데 아무도 알아주는 사람이 없어서 좀
힘들었어. 가족들이나 남자친구도 이해를 못 하고 오히려
비아냥거리는 태도를 보여서 조금 속상했어. 나도 그런 태도에
공격적인 모습을 보여서 서로에게 상처를 주는 행동을 했던
거 같아서 많이 후회하고 있어. 내 가치관에 좀 더 당당해지고
떳떳하게 살아가려고 해.

2,057번째 통화

이젠 진짜 나로 살고 싶은데 아직 그게 안 되네. 엄마도 아내도.
내가 대견하면서도 좀 슬프다. 이제 정말 나로 살고 싶어.

37,545번째 통화

나는 10월 중순부터 11월 내내 집에 있었어요. 그러고 싶어서
그랬던 건 아닌데 밖에 나가서 친구들도 만나지 않고 그냥
집에서 일어나자마자 TV 보고 밥 먹고 TV 보고 자고 그렇게
똑같은 일상으로 한 달을 보내왔어요. 어떻게 보면 무기력하고
한심한 생활 패턴이었지만, 그 시간이 나중에 힘들게 일할 때
그렇게 늘어진 적도 있었다는 원동력으로 좀 긍정적인 생각으로
바꿔보려고 해요. 합리화이긴 하지만. 근데 정말 솔직한
마음으로는 그때 당시에 집에 있었던 건 막상 만날 사람도 없고
먼저 만나자고 손을 내밀 사람도 없어서 그랬어요. 잠깐 제
인간관계에 대해서 생각을 많이 하게 되더라고요. 근데 이상하게
나이를 한 살 한 살 먹어갈수록 점점 떨어져가는 이 인간관계가
나만 그런 건지. 공감하신다면 고개를 끄덕여주세요. 그러면
제가 볼 수는 없겠지만 위로가 될 거 같아요.

2,170번째 통화

엄마. 지금 회사에 다니고 있는데 엄마랑 약속했던 건축과에 들어가서 졸업하고 설계 사무소에 들어갔어. 그리고 프로젝트를 하나씩 하나씩 끝내가고 있고, 오늘은 프로젝트가 끝난 기념으로 휴가를 받았어요. 쉬는 날이면 엄마가 생각나. 엄마가 돌아가신 지 벌써 7년, 8년은 더 된 거 같은데 아직도 어딘가 엄마가 있는 것만 같고, 그래서 볼 수 있는데 못 보는 거 같아서 슬프고 그러네. 엄마 보고 싶다.

219번째 통화

무서워서 죽지는 못해요. 근데 죽고 싶어 하는 척하고 있어요. 죽을 수 있는 척하고 있어요.

56,278번째 통화

내가 너무 외로움을 많이 타서 사람들도 많이 만나보고,
그 중간중간에 날 안아주는 사람도 있었고, 내가 안아달라고
했던 사람도 있었고. 근데 그때마다 나만 진심이었던 거 같아.
이런 게 반복되니까 내가 사랑받을 수 없는 사람인가? 쉬운
사람인가? 안길 때는 너무 행복한데 나를 안아주던 사람들은
무슨 생각이었을까? 난 그냥 나를 계속 안아줄 수 있는 사람이
있으면 좋겠는데 그게 어려운가 봐.

22,442번째 통화

딱 1년만 죽었다 생각하고 열심히 하자.

13,702번째 통화

누가 먼저 나한테 괜찮냐고 물어봐줬으면 좋겠다. 괜찮다고
답해도 끈질기게 물어봐주면 좋겠다.

92,201번째 통화

나 좀 행복하게 해주세요. 이제 그만 힘든 일이 찾아왔으면
좋겠어요. 신이 나에게 참을 수 있는 고통만 주는 거라면,
나를 너무 과대평가하는 게 아닐까.

66,643번째 통화

엄마가 맨날 행복하다고 하는데 난 엄마가 진짜 행복해졌으면
좋겠어. 엄마가 죽기 전에 꼭 부자가 됐으면 좋겠고,
돈 걱정 안 하고 자유롭게 사는 거 한 번만 봤으면 좋겠어.
내가 꼭 그렇게 해줄게 엄마.

428번째 통화

2020년은 언제 오죠? 전역 좀….

올 한 해 너무나도 많은 일들이 있었네. 결혼한 지 얼마 안 된
딸은 이혼한다고 하고, 어머니는 이제 세상에서 볼 수 없는
곳으로 가버리셨고, 남편은 술 먹고 윽박지르고. 이런 걸 다
어떻게 견디고 살아가야 할지. 정말 올 한 해가 지나서 그 모든
일들이 정말 별거 아니었구나, 어제라는 그 한마디로 남았으면
좋겠다고 생각해요.

안녕하세요. 저는 스물여덟 살 직장인인데요, 여자친구랑
결혼해야 되는데 돈 모은 게 없어요. 열심히 살았는데. 저금
열심히 해서 여자친구랑 결혼할 수 있게 기도해주세요.

6,002번째 통화

우울증을 앓고 있으면서 자살 시도도 했는데, 밤마다 아무 이유
없이 슬플 때 저는 살고 싶은 걸까요, 죽고 싶은 걸까요.

43,374번째 통화

무슨 말을 해야 될지 모르겠다. 그냥 세상에 나 같은 사람이
다시 태어나지 않았으면 좋겠어. 다 행복할 자격이 있는 거니까.
그 어떠한 사람도 불행할 자격이 없으니까.

2,189번째 통화

스물두 살 때 많이 힘들었을 텐데 그 시간 잘 견뎌줘서 고맙고
내가 만약에 그때로 다시 돌아갈 수 있다면 너무 자책하지
말라고 말해주고 싶어.

32,922번째 통화

쓸데없는 인연에 집착하지 말자.

나 자신을 더 사랑해주자.

17,675번째 통화

엄마, 이제 겨울인데 춥거든. 근데 온도가 추워서 추운 게
아니라 외로워. 외로워서 추워. 우울이라는 건 이제 나한테 없을
줄 알았는데, 끝난 줄 알았는데. 이렇게 다시 우울감이 매일
찾아와서 괴로워. 생각보다 되게 안 좋아 상태가 더. 아예 칼을
사서 팔을 그었는데 나는 피가 그렇게 빨리 날 줄 몰랐어. 그럴
줄 알았으면 진작 할걸. 그럼 우울감이 빨리 해소됐을 텐데.
진짜 내가 그랬으면 지금 안 살아 있었을지도 몰라. 겨울이라서
너무 싫은데 겨울이라서 팔을 가리고 다니니까 차라리 속이
시원한 거 있지. 하여튼 나는 잠도 잘 못 자고 새벽 두 시쯤 되면
그때부터 다섯 시까지 우울감에 시달리고 그러다가 갑자기 팔
긋고 피 보고 자고 그렇게 살고 있어. 나한테 우울은
없을 줄 알았는데.

48,880번째 통화

세상에서 제일 안쓰럽고 제일 잘됐으면 하는 사람이 바로 나 자신이고, 사랑하지는 못해도 아끼는 마음이었으면 좋겠다.

44,187번째 통화

대학병원에 간호사예요. 퇴사를 꿈꾸고 있는데 남들은 다 버티라고 하는데 너무 힘들어요. 여기를 그만두고 다른 일을 할 수 있을지 걱정되고, 따르는 부담감이 너무 심해서 간호사를 안 하고 싶다가도 환자분들이 감사하다고 한마디씩 해주면 그걸로 버티기도 하고 잘 모르겠어요. 근데 너무 힘이 들어요.

49,432번째 통화

사실 나는 그렇게 밝은 사람도, 귀여운 사람도, 착한 사람도
아니에요. 나를 조금 오래 본 사람들이 아는 나쁜 모습도,
게으르고 이기적인 모습도 어쩌면 진짜가 아닌 것 같아요.
모든 사람들은 겉과 속이 다르다고, 애써 포장하지 않아도
돼요. 이제 이해받고 싶다는 욕심도 없어요. 그러니까 이해해줄
것처럼 굴지 말아요. 더는 기대하고 싶지 않아.

66,919번째 통화

왜 나한테만 이렇게 힘든 일이 일어나는지 모르겠고, 앞으로
어떻게 해야 하는지도 모르겠어요. 그냥 펑펑 울고 싶고 누가
날 안아줬으면 좋겠어요.

47,098번째 통화

되게 많이 복잡하고 힘들었는데 어쩌다 눈 마주친 분이 씩
웃어주셨어요. 근데 그게 뭐라고 왜 갑자기 울컥하던지.
그 순간만큼은 복잡한 마음이 싹 가시는 느낌이 들었어요.
타인으로부터 받는 웃음이 어떻게 보면 정말 아무것도 아닐 수
있는데, 오늘따라 더 크게 와닿았던 거 같아요.

1,418번째 통화

학교가 끝나서 집에 와도 아무도 없고. 나 혼자 있는 이 텅 빈
공간이 너무 외롭고 싫다. 근데 아무도 모르겠지. 아무것도.

33,555번째 통화

저는 고등학교 2학년 여자아이고요 희귀병을 앓고 있습니다.
자가면역질환이에요. 몸의 면역체계가 자기 몸을 공격하는
질환인데, 처음에는 저도 제가 제 몸을 공격한다는 게
믿기지 않았거든요. 저는 항상 건강하다는 걸 무기 삼아서
대충 살았어요. 근데 아프기 한 달 전에 갑자기 몸무게가
줄어들더라고요. 대수롭지 않게 넘겼는데 고열이 펄펄 끓면서
관절이 너무 아팠어요. 서울에 있는 병원까지 가게 됐는데
교수님 같은 분들이 여러 명 와서 제 응급실 침대 앞에 둘러서서
막 말씀을 해주셨는데, 갑자기 눈물이 나고 너무 슬프더라고요.
저는 정신력이 약해서 그걸 극복하는 데 오래 걸렸던 것 같아요.
7개월 동안 너무 괴로운 시간이었어요. 병원 밖으로
나가기만 하면 다 괜찮을 줄 알았는데 온몸에 근육이 빠져서
다리에 힘이 안 들어가지더라고요. 그때 느꼈죠. 내가
달라졌구나, 전처럼 살 수 없겠다. 마음에서 뭔가 무너지는
느낌이 들었어요. 그렇게 앉아서 절망하다 보니까 제가
한심스럽기도 하고 빨리 이 상황을 극복하고 싶었어요. 더 이상
후회하고 싶지 않아요. 인간은 살아야 하잖아요. 죽으려는 건
저 같은 사람에 대한 기만이죠. 사지 멀쩡하고 삶을 영위할 수
있는데 포기하려고 하는 건 저 같은 사람에 대한 모욕이죠.

97,258번째 통화

하는 일이 진짜로 잘됐으면.

내가 만든 음악이 너희들을 모두 울렸으면.

71,844번째 통화

저는 사실 수학이 너무 싫어요. 수학 하기가 너무 싫어요.

학원이 너무 힘들어요. 확 끊어버렸으면 좋겠어요.

그래도 다니는 거예요. 엄마 사랑해요.

15,266번째 통화

요즘 너무 힘들어. 외모나 몸매나 피부 때문에 스트레스
받아. 사춘기 때문인 거 아는데 다 놀리고, 어른들이 왜 나를
평가하는지 모르겠고. 이 시간이 끝났으면 좋겠어.

23,756번째 통화

솔직히 힘들 줄 알았는데 생각보다 빨리 잊을 수 있어서
감사해요. 그래도 행복했으면 좋겠다고 말 못 하겠어. 그냥
나보다 더 좋은 사람 만나라는 말도 못 하겠고. 힘들었으면
좋겠다. 아프진 말고 지내.

21,439번째

그 말이 맞는 거 같아. 너에게 닿을 수 없는 말이지만 너를
사랑하고 아끼고 위해주는 사람이 아주 많다는 거 알아줬으면
좋겠어. 있잖아, 힘들 때 너 자신이 미웠을 때가 많았겠지만
그래도 너를 진짜 미워하는 사람들은 널 사랑하는 사람들의
반의반도 안 돼.

좋은 데 오면 엄마가 제일 먼저 생각 나. 엄마는 이런 걸
못 봤겠지, 엄마는 이런 걸 못 먹어봤겠지, 엄마는 이런 경험을
못 했겠지. 이런 생각이 많아서. 더 많이 나랑 다니자 엄마.

입사 1년 차 신입사원입니다. 입사를 어렵게 한 만큼 그만두고
싶지는 않은데, 한 주에 52시간을 꽉 채울 때면 이게 맞는
삶인가 싶기도 하고, 우리 아버지들은 이런 삶을 어떻게 견디며
우리를 키워주셨을까 생각이 들어요. 누구나 1년 차 때는 그런
거야라는 말은 하나도 위로가 안 되는 것 같아요. 그냥
그 인간이 쓰레기네라는 말이 훨씬 힘이 되는 것 같아요.
속으로 한마디 말해주세요. 그 상사가 쓰레기네.

80,845번째 통화

우울함을 꽤 즐기는 편이라고 하면 대부분의 사람들은
이해를 못 해요.

25,612번째 통화

미안하다는 말 그만하고 싶고, 거짓된 미안하단 말들도
그만 듣고 싶다. 사는 게 죽는 것보다 더 힘들었다.
내 삶은 언제나.

72,905번째 통화

세상의 끝으로
향하다

2019.02.22. ~ 2019.02.27

세상의 끝, 아르헨티나 우수아이아에
첫해에 모인 부재중 통화를 자유롭게 놓아주는
퍼포먼스를 진행하였다.

To you

세상의 끝에 다녀온 지 며칠이 지났네요. 그동안 일상적인 일들이 분주히 오고 갔고, 그저 흐르게 두었습니다. 누군가 여행에 대해 물어보면, 딱히 별말 하지 않고 "그곳 좋더라" 정도의 이야기만 했어요. 그곳에서 벌어진 팩트만을 이야기하면 뭔가 중요한 걸 놓치는 것 같아서요. 아직 시차 적응 중이라 한밤중에 눈이 가만 떠졌습니다. 몸은 침대 안 그대로인 상태에서 '이번 여행은 뭐였을까?'라고 이제서야 한 걸음 빠져나와 거리를 둔 시점이 되어 바라보기 시작했습니다.

사실 이번 여행은 저에게 매우 특별한 여행이었습니다. 바로 아무것도 계획하지 않고 흘러가는 대로 받아들이고, 아무 의심 없이 그 모든 여정을 수용하고 믿었기 때문입니다. 이건 '될 대로 돼라'보다는 '신뢰' 같은 건데요, 예를 들면 비행기를 타고 갈 때 기체가 심하게 흔들리면 가만히 눈을 감고는 거대한 부처님 손바닥이 비행기를 안전하게 감싸주는 생각을 합니다. 그럼 이상하게도 몇 초 후 비행기가 괜찮아지는 것 같았어요. 무슨 말이야 싶겠지만 계속 이야기를 해볼게요.

총 37시간, 세상의 끝은 생각보다 먼 곳이었어요. 지하철 환승하듯 세 번이나 비행기를 갈아타고 가는 곳이더라고요. 여행에 익숙지 않은 저는, 37시간 후 지구의 반대편에 있게 된다는 게 도무지 실감나지 않았습니다. 상영 영화를 모른 채 극장에 들어선 것처럼, 다가오는 모든 풍경과 인물들이 그저 낯설고 신기할 뿐이었습니다.

공항에 도착하자 거대한 설산에 둘러싸인 작은 도시가 나타났습니다. 낮이지만 새벽 같은 조도, 바다에서 불어오는 강풍, 해안가에 둘러싸인 미니어처 같은 집들. 낯선 곳인데도 나무 인형을 만지는 것 같은 소박한 편안함이 느껴졌어요. 그곳을 한마디로 이야기하면, 원시적 대자연에 둘러싸인 작은 산장 같다고 말할 수 있겠네요.

총 5박 6일의 즉흥곡 같은 여정이 시작되었습니다. 그런데 여행에서 제일 중요한 일정이 배를 타고 세상의 끝 등대에 가는 비글 해협 투어인데, 첫날 가보니 예약이 꽉 찼고 여행 넷째 날부터만 가능하다는 거예요. 그곳은 변덕스러운 날씨 때문에 출항이 취소되는 경우도 많아서 어찌 보면 변수 상황이었는데 왠지 이런 생각이 들었습니다. '그래. 그럼 그날인 거겠지!'

사람들의 목소리를 놓아주는 퍼포먼스는 둘째 날 아침부터 시작했습니다. 좀 긴장되더라고요. 마음을 진정시키려 스스로에게 가만히 물어보니 이 지점에서 마음이 편해졌습니다.

'그저 순간순간 마음에 귀 기울이고 들뜸 없이 하면 돼. 자연스럽게 뭘 할지 알게 될 거야.'

왠지 마음이 가는 호숫가의 거친 바위에 앉아 첫 번째 목소리를 놓아주기 시작했습니다. 잔잔한 호수를 바라보며 사람들의 목소리를 듣고 있자니 한없이 고요해졌습니다.

우리 모두는 연결되어 있으니까.
진심은 결국 전해지니까.
한 사람, 한 사람의 이야기에 귀 기울여
세상 끝의 바람 속으로.

'이곳에 내 목소리가 놓아지면 좋겠다'라는 장소가 나타날 때마다 잠시 멈춰서 그곳에 사람들의 이야기를 놓아주었습니다. 지구 반대편에서 모인 부재중 통화들이 하나씩 바람 속으로 흩어져 갔습니다. 촬영은 어디선가 그 모습을 담는 방식으로 진행되었는데 카메라의 위치를 알 수 없는 게 편안함을 주었던 것 같아요.

앞서 이야기한 넷째 날 이야기를 이어서 해볼게요. 가장 중요한 일정이었던 그날은 출격과도 같은 느낌이라 도무지 마음이 가벼워지지가 않았습니다. 나서기 전, 거울 앞에서 스스로에게 말을 걸었습니다. 왠지 그 순간이 중요한 것 같아 거울 속 모습을 찍어둔 영상이 있어 조금 전 열어봤는데 이런 말을 했네요. 쑥스럽지만 그대로 적어볼게요.
"깊이 마음속 진심을 품고 오늘의 일정을 하고 오겠습니다. 최선을 다하고 올게요. 나 스스로에게, 이야기를 남긴 모든 사람들에게, 진심을 다해 집중하고 오겠습니다. 항상 제 중심에서 저와 함께해주세요."

스스로에게, 아니 이 세상에게 하는 말을 꾹꾹 담아 되뇌고 나니 그제야 마음이 편해지며 '이제 내가 할 일은 다 했다. 나머지는 알아서 펼쳐지겠지'라는 생각이 들었습니다. 그리곤 며칠간 출항을 하지 못했다고 들은 항구로 씩씩하게 향했습니다. 정말 감사하게도 여행 기간 내내 딱 그날 하루만 날씨가 좋았습니다. 햇살이 내리 쬐는 청량한 바람과 남청색 투명한 비글 해협의 바다, 그토록 고대하던 세상 끝의 등대가 멀리 점처럼 보이며 다가오던 순간은 아마 평생 잊지 못할 것 같네요. 뱃머리에 서자 사정없이 차가운 바람이 불어닥쳤지만, 한 손에 부재중 통화가 흘러나오는 스피커를 들고 거침없이 나아갔습니다. 세상 끝의 바람 속에 사람들의 목소리를 마음껏 놓아주었습니다. 정말 딱, 그 하루, 그 시간에만 가능했던 일이었습니다. 항구로 돌아오는 길, 아무 말도 필요 없는 미소가 한가득 차올라 터졌습니다.

모든 여정을 마치고 공항으로 출발하려는데 엄청난 강풍이 불었어요. 비행기가 뜰까 싶을 정도로요. 비행기를 타러 공항 도로를 달리는데 무지개가 떴습니다. 꼭 저에게 잘 가라고 인사하는 것 같았어요. 공항에 도착하니 어느새 무지개는 사라졌습니다. 그리곤 비행기가 이륙을 위해 활주로를 달리기 시작하는 타이밍에 어두웠던 하늘이 형광등 조명을 켠 것처럼 밝아지며 흔들림 없이 이륙을 했습니다. 비행기가 어느 정도 날아오른 후 방향을

천천히 선회하는데 아까 그 무지개가 또 다시 보이는 거예요. 날개 사이로 마지막 웃음을 지어주는 것처럼요. 울컥했습니다.

'이 모든 게 우연일지라도 너무 감사합니다.'

세상의 끝이라는 시공간이 저를 반겨주었다는 생각이 들었습니다. 지구 반대편에서 날아온 손님을 환대해주었다는 감사함. 아무 계획도 하지 않았는데 일어날 일은 모두 일어났구나. 너무도 수수하고 풍성한 만족감이었습니다.

이번 여정이 도대체 무엇이었는지에 대한 스토리텔링을 이제서야 해보네요. 남겨진 부재중 통화들을 세상의 끝에 잘 놓아주고 왔다는 소식과 함께요. 아직 시차적응이 안 되어 한밤중에 불쑥 깬 저는, 조금 더 깨어 있다 잠에 들어야겠습니다.

From 세상의 끝

BOARDING PASS

NAME SEOL/EUNA
FROM SEOUL/INCHEON
TO NEW YORK
DATE 21FEB19 K
OPERATED BY KE 081
SEAT 51B FLIGHT AR7861
114627550516
ETKT 044 3559626949C1
KE
KOREAN AIR 277

BOARDING PASS

NAME SEOL/EUNA
FROM NEW YORK
TO BUENOS AIRES
DATE 21FEB19 Q
SEAT 41H FLIGHT AR1301
114627550516
ETKT 044 3559626949C2
KOREAN AIR 031

BOARDING PASS

NAME SEOL/EUNA
FROM BUENOS AIRES
TO USHUAIA
DATE 22FEB19 Q
SEAT 13A FLIGHT AR2888
114627550516
TKT 044 3559626949C4
KOREAN AIR 013

세상의 끝으로 향하는 세 장의 비행기 티켓

37시간의 비행

아르헨티나 우수아이아 도착

그곳은 마치 설산에 둘러싸인 작은 산장 같았다

도대체 어떤 순간들이 펼쳐질까

사람들의 목소리가 담긴 스피커와 함께 길을 나선다

걷다가 '왠지 이 공간에 내 이야기가 놓아지면 좋겠다'라는
느낌이 들 때마다 멈추었다
그리고 목소리들을 하나씩 바람 속에 들려주기 시작했다

거대한 설산이 감싸고 있는 곳

그곳에서 느꼈던 고요한 풍요로움

마음 졸였던 남극 비글 해협 투어

다행히도 여행 중 이날만 날씨가 화창해서

사람들의 목소리를 마음껏 놓아줄 수 있었다

드디어 세상의 끝, 마지막 등대

우리 모두는 연결되어 있으니까

결국 진심은 전해지니까

한 사람 한 사람의 이야기에 주파수를 맞추어

세상 끝의 바람 속으로

그렇게 첫해의 부재중 통화가

세상의 끝, 아르헨티나 우수아이아의 바람 속으로

자유롭게 흩어져갔다

사람은 누구나 말 못 할 사정이
하나씩 있는 거 같아요

사람은 살면서 가장 가까운 사람에게도 말 못 할 그런 고민이
하나씩 있다고 생각해요. 저도 있는데 항상 그게 마음의 짐이
되었고, 사람들이 그거에 대해 물어봤을 때 거짓말을 했어요.
왜냐하면 너무 상처받은 경험도 있고, 어느 순간부터 그 사실을
숨기게 되더라고요. 어디다 이야기할 수 없었는데 이렇게 전화기
들고 말을 하니까 좀 마음이 편해요. 인간은 누구나 말하지 못할
사정을 가지고 산다고 생각해요.

53,633번째 통화

엄마 나 사실 타투했어. 오른쪽 허벅다리에 엄청 크게.
엄마 몰래. 엄마 그리고 나 요즘 담배 펴. 미안해 이렇게 살아서.

26,442번째 통화

혜원아, 나는 내가 너한테 왜 그랬는지 모르겠지만
네가 부러웠던 거 같아.

35,570번째 통화

사실 내가 스타트업한다고, 막 세상을 바꾸는 서비스를
만든다고 하고 있지만, 실제로는 그런 거를 못할지도 모르겠어.
대기업 간 사람들, 취업한 사람들, 솔직히 별로 대단하지
않고 뭔가 주도적인 삶을 살지 못한 거라고, 나는 다르다고
생각했지만, 실제로는 내가 그런 능력이 안 될지도 모르겠어.
나는 스티브 잡스나 마크 주커버그 같은 사람이 아니니까
못할지도 몰라. 두렵기도 하지. 겉으로는 존나 특별한 척,
존나 똑똑한 척하고 있어서 우리 직원한테 말하기는 어려운 거
같아. 어떻게든 해내야 하니까. 그냥 겉으로는 이렇게 대단한
척하지만 실제로는 속으로 불안해하고 있는 걸
누가 알아줬으면 좋겠다.

1,975번째 통화

나는 멋지게 살고 싶었어. 스튜어디스가 되고 싶었는데.

그래도 보란 듯이 좋아하는 여행도 실컷 하면서 살 거야.

코로나 얼른 끝났으면 좋겠다.

60,753번째 통화

사실 좋아해요. 이렇게라도 말하고 싶었어요. 사실 좋아합니다.

아닌 척했지만, 저도 인정하기 싫었는데 오랫동안 좋아했어요.

51,428번째 통화

주임님. 제발 에어컨 좀 꺼주세요. 정말 냉장고에서 지내는
기분인데 제가 낯을 가려서 말을 못 했어요. 괜찮냐고 물으셔서
괜찮다고 했는데 너무 추워요. 제발 에어컨 좀 꺼주세요.

60,361번째 통화

나는 열일곱 살인데 탈모가 왔다. M자와 원형 둘 다 온 거 같다.
나 열일곱 살이다. 인생 망한 거 같다. 심각하다.

40,797번째 통화

우리 집이 이렇게까지 쓰러질지 몰랐는데 생각보다 너무 많이
힘들다. 아빠가 웃었으면 좋겠고, 엄마도 웃는 얼굴이면 좋겠다.
나 꼭 성공할게. 돈 많이 벌게. 좋은 집, 좋은 차, 좋은 곳에서
꼭 살게 해줄게. 이런 말 직접 할 용기는 없고. 다 같이
맛있는 거나 먹자.

31,676번째 통화

내 남자친구는 방시혁을 닮았다. 이왕 닮은 거 재력도
닮았으면 좋겠다.

74,565번째 통화

사실 나는 돈이 제일 좋아. 돈을 많이 벌고 싶어. 아니 사실은 복권에 당첨되면 좋겠어. 사실 나는 속물적인 사람이란다.

비밀이야.

13,455번째 통화

엄마 사랑하고 오늘 떼써서 미안하고 나 스마트폰 쓰고 싶어.

우리 21세기잖아, 듣고 있지?

28,088번째 통화

인간관계도 나에게 찾아오는 기회도 선뜻 용기를 내지 못한
거 같아요. 다음 생에는 좀 밝고 웃음 많은 사람으로 태어나서
그렇게 살아보고 싶어요.

1,244번째 통화

나의 임용 삼수 실패. 어디 가서 말도 못 해. 이제 내 꿈은 뭘까.

71,105번째 통화

수현아, 네가 지금 친구 없는 모습을 보고 나는 너무 통쾌해.
앞으로 계속 그렇게 불행하게 살아줘.

내가 좋아하는 사람이 똑같이 나를 좋아해줬으면 좋겠어.
그 사람은 수많은 사람 중 그냥 한 명한테 보이는 호의인 거
같은데, 나는 그 사람이 나한테 처음 건네준 인사랑 물어봤던
말들 다 기억해. 같이 걸어갔을 때랑, 비오는 날 집 앞에 데려다
줬을 때, 다 기억이 나거든. 근데 나만 그 사람한테 관심 있는
거 같고 나 혼자만 몰래 그 사람 눈 훔쳐보는 거 같아서 조금
서러워. 왜 맨날 나는 짝사랑만 하는 걸까, 그런 생각도 들고.
나도 날 엄청 아껴주고 사랑해주는 사람 만났으면 좋겠다.

엄마 나 사실 퇴사했어. 일 그만두고 다른 일 찾고 있는데
엄마한테 미안해서 말 못 하고 있어. 나중에 내가 더 좋은 자리
찾으면 당당하게 엄마한테 말할게. 엄마 미안해.

13,689번째 통화

아버지 제가 주식으로 8억을 말아먹었습니다.

52,243번째 통화

이번 휴가 때 오빠랑 놀러갈 건데 엄마한테 뭐라고 하지.
친구들이랑 논다고 거짓말 칠까요? 그래도 논다고 생각하니까
너무 행복해요.

40,898번째 통화

저 별로 안 예쁘거든요? 근데 예쁜 애들이 너무 많아요.
그래서 자꾸 자괴감이 드는데 얘기는 한 번도 안 해봤어요.
제가 제 얼굴이 마음에 안 들어서 울어봤다는 거.

95,049번째 통화

세상엔 왜 이렇게 또라이가 많은 걸까요. 평범한 사람들과
평범한 세상에서 평범한 삶을 살고 싶어요.

69,060번째 통화

나도 내가 괜찮다, 괜찮다 하니까 괜찮은 줄 알았지.
타지 생활이 생각보다 너무 힘들고 어려워. 서울은 사람들
성향도 다른 것 같아서 더 모르겠어. 그래서 매일 하루하루
지치나 봐. 집으로 돌아가고 싶은데 떵떵거리고 괜찮은 척,
잘사는 척하다 보니까, 실망시킬까 봐 무서워서 못 그러겠어.
이제 서울 생활도 1년이 다 됐는데 아직도 매일매일 지쳐.
언제쯤 적응할 수 있을까?

57,119번째 통화

수능 364일 남았는데 제가 과연 대학에 갈 수 있을지.

32,192번째 통화

아무래도 그날 변기… 내가 맞는 거 같아.

67,862번째 통화

어린이집 다니고 있는 2년 차 교사입니다. 처음에 학교
들어갈 때 아이들이 이뻐서 들어갔는데, 다녀보니까 그게
다가 아니더라고요. 저희도 아이들 많이 예뻐하고 그러는데
아무래도 아직 활발하게 움직이는 아이들이라서 다치기도
하고 그러더라고요. 어머님들 마음이 많이 속상하신 거 저희도
충분히 알고 있습니다. 조금만, 지금보다 조금만 더 저희 마음도
이해해주셨으면 좋겠어요. 저희도 아이들 다치면 속상하고
미안하고 그럽니다. 저희도 누군가의 딸이고 아들일 수 있다는
점 알아주셨으면 좋겠습니다. 어머님들, 감사하고요. 항상
아이들 잘 보살피도록 하겠습니다.

6,701번째 통화

제가 정말 싫어하는 친구가 있어요. 근데 그 친구는 자기가
뭘 잘못했는지 모르고 당당해요. 근데 얼마 전에 알았어요.
저도 다를 바가 없다는 걸.

19,721번째 통화

오늘 외할아버지 장례식이었습니다. 저는 장손입니다. 어렸을
때 친할아버지 장례식 때 제가 영정을 들고 이동을 했을 때는
그렇게 힘들지 않았습니다. 그런데 오늘 장례식을 진행하면서
들었던 영정이, 근래 들었던 것 중에서 가장 무거웠습니다.
너무 무거워서 언제든 놓칠 것 같은 그런 무게였습니다.
외할아버지의 죽음 자체는 솔직히 별로 큰 슬픔은 아니라고
생각을 했습니다. 그런데 몇십 년 빠르면 몇 년 이내로 제가
장례식을 주도해야 하는 입장이 된다는 게 너무 쓸쓸해서
계속해서 눈물이 나왔습니다. 저는 장례식이 끝나자마자
바로 군부대로 복귀했습니다. 제가 이 전화를 건 이유는 차마
현장에서 영정이 너무 무거웠다는 얘기를 할 수가 없어서
이렇게라도 전화를 걸어봤습니다. 오늘 밤은 솔직히 잠들기
쉽지 않을 것 같습니다. 이상입니다.

61,790번째 통화

엄마, 내가 어렸을 때 엄마가 아파서 참 힘들었는데. 언니도
아프고 엄마도 아프고, 나 혼자 짐을 진 거 같아서 힘들었어.
그래도 엄마가 죽지 않고 살아줘서, 언니가 걷지 못해도
살아줘서, 내 옆에 있어줘서 참 고마워. 엄마가 살짝 아주 살짝
아기가 됐지만 엄마의 존재가 내 옆에 있는 것만으로도
난 늘 고마워. 그러니까 너무 슬퍼하지 말고 우리 딸들이랑
아빠랑 잘 이겨내보자.

37,201번째 통화

높이가 아니라 멀리 가고 싶어.

69,063번째 통화

단지 이성이란 이유로 친구가 되지 못하는 건 너무 슬프잖아.

선생님 죄송합니다. 제가 늦잠을 잔 것이 아니라 핫트랙스를
다녀왔습니다. 엑소가 너무 좋아서 어쩔 수가 없었습니다.
포스터를 받아야 했습니다. 선생님 죄송합니다.

801번째 통화

아쉬워요. 왜냐면 내가 만약 다시 스무 살이 된다면 사랑을

하는데 겁을 먹거나 또 표현하는 것에 그렇게 인색하지 않을

것 같아요. 스무 살 때 내가 좋아하는 남학생한테 만나자는

프러포즈를 받았는데 하루 종일 고민하고 고민하다가, 결국엔

혼자 갈 용기가 없어서 친구를 데리고 갔었어요. 나한테 왔던

좋은 기회를 흘려보낸 것들이 참 많아요. 그리고 또 스쳐

지나가면서 아주 좋은 관계를 맺을 수 있는 분들이 있었는데

그분들이 베푸는 친절을 의심하고 겁을 먹고 뒤로 숨어서 그

관계를 다 뚝딱뚝딱 끊어버린 것들도 아주 많아요.

다시 스무 살이 된다면 생각 많이 안 하고 적극적으로 행동으로

옮겨서 그것들이 어떻게 연결되는지 체험하고 싶어요. 젊은

분들이 이 얘기를 듣는다면 오십 대 후반의 어떤 아줌마가

많이 후회하더라, 나는 그러지 말고 내 젊음을 맘껏 용기 있게

맛보리라, 그렇게 생각해주기를 바랍니다.

43,005번째 통화

계속 내가 가치 있다고, 소중하다고 해주쇼. 잘난 척했지만
사실 그 힘으로 먹고삽니다.

84,000번째 통화

전에 2학년 때 제가 넘어졌을 때, 친구가 부축해줘서 보건실까지
데려다줬는데 제가 너무 당황한 나머지 아무 말도 못 했어요.
가연아 고마웠어.

5,700번째 통화

(침묵 후 통화 종료)

다수의 부재중 통화

외롭지만 살아보겠습니다

저는 포항에서 온 스물여덟 살이에요. 나이도 벌써 먹을
만큼 먹었는데 마땅한 일자리도 없고, 내가 하고 있는 일이
맞나? 라는 생각이 들고, 어떨 땐 빨리 그만두고 다른 일을
찾아야 되는 건 아닐까? 싶을 때도 있고. 지금 너무 사랑하는
여자친구랑도 오래가고 싶은데 한없이 부족한 것 같아요.
부모님한테 뭐 해준 것도 없는데 부모님은 항상 나를 위해서
주기만 하고. 다른 사람한테 얘기하면 너무 초라해 보일까 봐,
이렇게나마 메시지를 남깁니다. 한번 열심히 살아볼게요.

19,113번째 통화

보이지 않는 곳에서 더 열심히 살고 있는 나를 조금만
알아줬으면 좋겠어.

73,472번째 통화

아. 취직하고 싶다. 취직하고 싶다. 취직하게 해줘라.

나 일 잘할 수 있는데 취직하게 해줘라.

10,397번째 통화

드디어 퇴사를 합니다. 꿈만 꾸던 꿈을 실현해보려고 합니다.

너무 불안하고 걱정되지만 나를 믿어보겠습니다.

모든 청춘들 파이팅!

10,148번째 통화

많이 힘들지. 열심히 한다고 했는데 아무것도 이뤄진 게

없는 것 같고 사람들과의 인간관계도 너무 헛헛하고 허무하고.

그래도 고생했어. 이제 앞으로 열심히 살아야 될 이유가

있잖아. 누가 알아주지 않아도 내가 알아주면 되잖아.

잘될 거야. 네가 좋은 사람인만큼 앞으로 다 잘될 거니까

걱정하지 마. 힘내.

56,364번째 통화

저는 하고 싶은 게 없어요. 서울에 있는 대학교를 다니고

있는데, 꿈이 없어요. 누군가는 저를 보고 되게 열정적이라고

하는데, 저는 하고 싶은 게 없어요. 누군가가 저를 좋아해도

열정적으로 사랑할 수 없는 거 같아요. 누군가 저에게

진짜 열정을 주었으면 좋겠어요.

5,824번째 통화

자꾸 고3이라고 하면 불쌍해, 안타까워라고 말한다.

나는 내가 고3이라는 이유로 스스로를 불쌍히 여겼던 적이 없다.

그런데 타인은 나를 어떻게든 위로해줘야 한다는 눈으로 본다.

저 아직 멀쩡하거든요. 위로 필요 없고요. 내 이름은

고3이 아니라, 이유민이거든요.

70,769번째 통화

매일 웃지만 매일 힘들고, 매일 노력하지 않는 것 같지만,

매일 노력한다.

54,811번째 통화

안 힘든 척, 우울하지 않은 척, 괜찮은 척.

감정을 숨기고 살다 보니 난 존나 척척박사가 되었다.

73,171번째 통화

나한테 하고 싶은 말인데, 재수하면서 많이 힘들었잖아.
쓰러지기도 하고 많이 울기도 하고. 다른 사람들한테는 다
괜찮다고 말하고 있지만, 나도 내가 힘든 걸 너무 잘 알잖아.
힘들면 힘든 만큼 주변 사람들한테 기댔으면 좋겠어.
누가 뭐라고 해도 너는 그 순간순간 최선을 다했고 재수하면서
훨씬 많은 걸 얻었다고 생각해. 너무 많이 좌절하지 말고, 너무
많이 울지 말고, 꿋꿋하게 일어났으면 좋겠어.

30,755번째 통화

꿈이 없이 걸어가도 괜찮을까. 앉아 있지만 말아줘.

46,998번째 통화

고생고생해서 시험을 끝마쳤던 날,

누구도 위로의 말을 건네주지 않아서 내심 속상했던 날,

그래서 내가 나와의 채팅방에 남긴 말.

수고했어.

65,750번째 통화

돈 많이 벌고 싶다. 진짜 돈 걱정 안 하고 살아보고 싶다.

엄마 아빠한테 맛있는 것도 사주고, 이쁜 옷도 사고.

돈 많이 벌어야지, 다음에.

845번째 통화

저는 어린 무명 배우입니다. 많이 어리진 않아요. 배우라는
직업이 가끔 사람의 정신건강에 옳은가 하는 생각이 듭니다.
매일매일 프로필 넣고 오디션 보고 해도 제게는 기회가
잘 없어요. 나이는 또 먹은 만큼 먹은지라 알바를 계속 하기에는
그렇고. 안 해본 알바가 없지만 가끔 백수인지 배우인지
헷갈려요. 버틸 수 있을까요?

72,248번째 통화

이게 뭐라고 눈물이 날 것 같지.
미래가 어떻게 되든 나 자신을 믿으면 좋겠다.

52,075번째 통화

`

안녕 나는 서른아홉 살 워킹맘이야. 지난 11년간 근무했던
회사를 이제 마흔이 되기 전에 정리하려 해. 그동안 회사에
끌려다니면서 내가 주도하는 삶을 살지 못했는데, 마흔
살부터는 내가 내 시간을 주도하는 그런 새로운 삶을 살고 싶어.
좀 늦은 나이지만, 결코 늦지 않은 나이라고 생각하기에
다시 한번 도전을 해보려고 해. 지금의 도전이 몇 년 이후에
생각했을 때 또 후회되는 도전일 수도 있겠지만 한번 나아가
보려고. 너의 새로운 도전을 위해서 나는 용기를 주려고 해.

130번째 통화

다들 하고 싶은 일 꼭 찾길 바라요.

55,302번째 통화

2학기는 공부를 좀 더 열심히 하고 PC방을 덜 가고,
하지만 골드는 됐으면 좋겠다.

14,277번째 통화

나는 사실 내가 최고라고 생각한다. 나만한 사람이 어딨어.
너무 대견하고 자랑스러워.

73,270번째 통화

그동안 너무 열심히 살아온 것 같아. 주변 신경 쓰지 않고
오로지 나를 위해 살았다는 생각을 해야 되는데,
결국 남은 건 나이 육십이 되고 보니 주변이 너무 허하다는 거.
과연 무엇을 위해 여태 살아왔나, 앞으로 어떻게 살 것인가
두렵기까지 해. 그 두려움을 없애려면 내가 나를 믿는 건데,
그럴 용기가 없네. 열심히 살아온 만큼 쓸쓸하다는 생각이 많이
드는데, 이걸 어떻게 이겨내고 견뎌내야 될지 고민이네.
그래도 나는 내 자리에서 열심히 살아야지. 그게 나의 일이니까.
한 번은 되돌아보고 싶었어 나도.

35,571번째 통화

기회가 된다면 1년 뒤에 내가 어떤 모습으로 살고 있는지
딱 1분만 보고 싶어요. 너무나도 막연한 게 많아서 미래를
잠깐이라도 볼 수 있다면.

30,332번째 통화

내 안에 어떤 흔적이 있어요. 나는 간절한데 남이 볼 땐
별로 안 간절한 거 같아서.

37,001번째 통화

저는 무명작가로 활동하고 있습니다. 하고 싶은 게 있고
인정받고 싶은 마음도 있지만, 행복하면서도
고통스러울 때가 많네요.

56,461번째 통화

퇴사하고 싶다. 로또 됐으면 좋겠다. 실장이랑 팀장이랑
출장 가서 돌아오지 않았으면 좋겠다.

4,743번째 통화

수시 2차까지 넣었는데, 광탈당하는 거 엄마한테
말하기 무서워요.

43,662번째 통화

20대 마지막인데 모든 사람이 꼭 자기 자신을 잘 아는 건
아니에요. 이제 곧 오십인 우리 엄마도 아직 모험 중인걸요.

87,555번째 통화

지금까지 잘 살아왔다고, 모든 아픔들 다 잊어버리라고,
괜찮다고, 그렇게 말해주고 싶어요. 우울증과 힘들었던 일들
모두 다 잊어버리라고 말해주고 싶어요.
잘했다고, 잘해왔다고. 이제는 그렇게 인정받으려고 하지 말고
지금처럼 살아가라고 말해주고 싶어요.

27,700번째 통화

의경도 힘든데, 안 힘들다고들 이야기해요 계속. 의경 힘들어요.

의경 진짜진짜 힘들어요. 꼭 알아주셨으면 좋겠습니다.

42,870번째 통화

그만하고 싶다. 그만하고 싶어요. 전부 다.

쉬고 싶다. 그만두고 싶다. 쉬고 싶다. 그만두고 싶다.

43,006번째 통화

나만 빼고 다 잘되는 거 같아서 짜증 나요. 다 잘 안됐으면
좋겠어요. 희망차고 긍정적으로 답하는 것도 이젠 짜증 나니까
부정적으로 살게요. 나는 의지가 없는 게 아니고 그냥
게으르게 적당히 살고 싶은데 그게 안 돼요. 야근하기 싫어요.
회사에서 주말에 일하게 만들어서 사장님한테 같이
야근하자고 소리 지르고 싶어요.

74,673번째 통화

진짜 그렇게 살지 마세요. 제가 초임이라 몰라서 그랬지만
해도 해도 너무하십니다. 이기적인 것도 적당히 해야죠.
역지사지. 제발 역지사지!

85,274번째 통화

그냥 하는 거지 싶었는데 네가 하니까 왜 이렇게 짠하냐.

내가 돈 많이 벌면 미술용품 재료도 다 사주고, 비싼 붓

쓰게 해주고, 비싼 정묘 다 그리게 해주고, 하고 싶은 분야

마음껏 하라고 얘기해줄 건데. 내가 다음 생에 로또 당첨 번호를

쥐고 태어나야 될 거 같다. 그래도 맨날 응원한다. 동생 사랑해.

53,557번째 통화

나 오늘 코트 입고 싶었는데, 네가 하도 춥다고 해서

패딩 입었어. 그것도 두 개나. 근데 넌 코트를 입고 왔구나….

58,654번째 통화

해야 하는 일과 하고 싶은 일 사이에서 너무 힘들었는데
현실과 타협한 건지는 모르겠는데, 하고 싶은 일은 취미로
가져가기로 했어요. 제가 선택한 이 길이 나중에 후회로 남지
않았으면 좋겠고 그럴 수 있게 더 열심히 살아야 할 것 같아요.

18,179번째 통화

의대를 준비하고 있는데 솔직히 많이 힘들어요. 엄마 아빠가
많이 도와주고 있는데, 미안하기도 하고. 누군가가 힘내라고
다독여주면 마음이 편해지긴 해도 힘들어요.

34,678번째 통화

나는 괜찮다고 말할 때 그리 괜찮은 적이 없었어요. 뒤에서 많이
울었습니다. 나는 항상 누군가를 시기하고 비교해요.
스스로에게 칭찬도 잘 하지 못하고 나보다 잘난 사람들을
질투해요. 하지만 그런 내가 싫지 않습니다. 그래도 세상에서
내가 가장 멋있다는 걸 알고 있으니까요.

75,006번째 통화

세상을 살아가기엔 내가 너무 나약하다.

67,877번째 통화

외롭지만 살아보겠습니다.

43,561번째 통화

전시장 뒷면의 모습 :
전시 마지막 날

가끔 전시장에 들르곤 한다. 전시장 구석 의자에 앉아 관객들의 표정과 제스처를 바라보고, 그 공간에서 일어나는 흐름을 가만히 관찰하는 일을 좋아한다. 그럴 때면 마음이 차분해지며 마치 고향에 온 것 같다. 같은 파동 속에 있는 느낌. 하나의 들뜸 없는 소담하고 편안한 행복감. 형태만 다를 뿐 그 공간은 한 조각의 '나'이다.

어느덧 전시 마지막 날, 서울미술관에서 8개월간 진행된 전시가 끝나는 날이었다. 매번 그렇듯, 특별한 마무리 행사 같은 건 없었다. 그저 조용히 불이 꺼지고 막이 내리는 식이었다. 여느 때처럼 한 명의 관객이 되어 그 공간에 머무르고 있었다. 시간이 흐르고, 북적이던 사람들이 하나둘 사라지고, 마지막 관객만이 남았다. 왠지 그 순간을 기억하고 싶어, 그분이 수화기를 들고 있는 사진을 멀리서 몰래 찍었다. 그렇게 전시장의 불이 꺼지고, 집에 돌아가는 순간 우연히 미술관 앞에서 조금 전 그 관객과 마주쳤다. 보통 때 같으면 그냥 지나쳤겠지만, 그날은 다가가 인사를 하고 싶었다.

"안녕하세요. 조금 전 이 전시 보셨던 분이죠? 전 이 작업을 한 작가예요. 사실 오늘이 마지막 날이거든요. 그쪽이 마지막 관객이셨어요. 그래서 그 장면을 한 컷 찍었는데 괜찮죠? 전시 관람해주셔서 너무 감사해요."

그러자 반갑게 인사하며 그렇잖아도 전시를 한참 동안 봤다고, 자기는 영화 쪽 일을 하는 사람인데 전시가 너무 좋았다는 말을 건네주었다. 그날 밤 그분에게서 인스타그램 메시지가 왔다.

"사실 오늘 전시장에서 하지 못한 말을 남기고 싶었는데 딱히 할 말이 생각나지 않아, 누구에게 이야기를 남길까 고민하다가 이 전시를 기획한 분에게 한 마디를 남기고 왔어요. 전하지 못할 말이라 생각했는데 이렇게 전하게 되었네요!"라며 전시장에 놓여 있던 엽서에 직접 쓴 글을 보내주었다.

'당신은 존재가 영화 같네요.'

뭐라 말을 이어야 할까. 아무것도 생각나지 않았다. 그저 가슴이 뜨거워졌다.

첫 전시 후 2년 반 동안의 여정, 우리가 함께 소통한 그 모든 순간들. 전시는 조용히 막을 내렸지만, 그 한마디는 그동안의 모든 수고를 보상하고도 남을, 나에겐 이 세상 그 무엇보다도 뜨겁게 쏟아진 커튼콜이었다.

여보세요,
거기 누구 있나요?

주임님, 도대체 저한테 왜 그러세요. 저한테 마음이
있으신 거예요 없으신 거예요? 마음이 없는 거겠죠?
여자친구 있다니까. 아니 여자친구가 왜 있어? 없게 생겨가지고.
왜 자꾸 저에게 여지를 주세요? 나쁜 놈인가. 답답해 죽겠네.
이런 거 남의 이야기인 줄 알았는데.
말해도 속이 시원하지 않네.

40,424번째 통화

엄마가 가장 힘든 순간에 내가 아니라 오빠 때문에
엄마가 버틴다는 게 너무 서운했어. 근데 괜찮아.
나 엄마 너무 사랑하니까.

6,221번째 통화

할머니, 이제 곧 있으면 할머니가 돌아가신 지 1년이 돼가네.
나는 아무렇지 않은 척 잘 살고 있어. 할머니가 세상에 없지만
밥도 먹고 술도 먹고 그냥 살고 있어. 어떻게 해야 될지
모르겠어. 내가 할머니를 빨리 잊을 이유는 없잖아.
이렇게 술 먹고 술도 안 깬 채로 연락해서 너무 미안해. 아무도
내 마음 모를걸. 할머니가 거기서 안 아프고 건강했으면 좋겠다.
내가 여기서 아플게. 할머니가 세상에 없으니까 할머니가
내 인생에 전부였다는 걸 깨닫게 된 것 같아. 너무 보고 싶은데
어떻게 해도 잊혀지지가 않는데 어떻게 해야 될지 모르겠어. 내
인생에 전부였고 아빠였고 엄마였던 할머니가 없는 게
너무 마음이 아파.

56,703번째 통화

오늘 비 많이 와요. 그러니까 우산 꼭 챙기세요.

그리고 나 아빠가 담배 안 폈으면 좋겠어요. 부탁이에요.

5,170번째 통화

어떤 사람의 전화를 받았는데 세상에 혼자 남겨진 거 같다고

그래서 너무 안타까워서요. 다른 사람이랑 비교돼서

너무 힘들다고 하셨는데, 비교하는 순간 지옥인 거 같아요.

저도 남들이랑 너무 많이 비교해서 가끔 스트레스를 받는

편이긴 한데, 비교하지 않으면 자기 자신을 온전하게 바라볼

수 있게 되는 거 같아요. 자기 자신을 보는 시간에 더 힘을

쓰셨으면 싶어서 너무 안타까워서 메시지를 남겨봐요.

40,899번째 통화

저는 부산에서 왔습니다. 서울에 친구도 없고
혼자 살아요. 본가에 있는 고양이 대왕이가 너무 보고 싶습니다.
사실 정말 대왕이가 보고 싶어요. 사랑해 대왕아.

60,879번째 통화

널 다시 만난다면 꿀밤을 세게 때려주고 싶어.

4,390번째 통화

나는 우리 가족이 그렇게 좋은 가정이라고 생각하지 않는데,
엄마가 자꾸 '우리 가족은 행복한 가정이다' 이런 식으로
애기할 때마다, 너무 모순된 거 같다는 마음이 들어.
다 같이 노력하고 있는 것 같긴 한데, 기분이 되게 그렇더라고.
그래서 요즘 엄마 집에 잘 안 가게 되는 거 같아. 행복한 가정이
되고 싶긴 하지만 그렇다고 행복하지 않은 가정을 행복하다고
말하는 게, 나는 듣기가 조금 그래.

1,978번째 통화

너도 누군가의 정답일 거야. 그 누군가가 아직 풀이를
제대로 못 한 모양이지.

13,991번째 통화

저는 사회 초년생입니다. 능력도 없고 너무 힘든 일이 많지만
내년 이맘때까지 회사에 있을지 모르겠어요.

15,526번째 통화

나는 첫사랑한테 솔직하지 못했던 게 헤어지고 나서도
후회가 돼요. 자존심 부리다가 내 마음을 못 전하고,
안 괜찮은데 괜찮은 척하고, 헤어지고 만나서도 쿨한 척.
상대한테 상처를 준 것도 후회가 돼요. 2년이 흘렀는데 앞으로는
그러고 싶지 않아요. 항상 감정에 솔직하고 고마움과 미안함을
잘 전하고 싶어요.

11,482번째 통화

사랑하는 딸, 가만히 생각하면 하루도 사랑하지 않은 날이
없는데 단 한 번도 어른이 된 후 그 말을 못 하고 있네. 사랑해.

67,350번째 통화

내가 너 땜에 너무 힘들었던 게 많았거든? 그런데 이상하게
내가 너보다 잘 살고 싶다는 생각이 들더라. 그러니까
너도 어떻게든 잘 살았으면 좋겠어. 내가 너보다 더 잘 살 수
있게, 알겠지? 비록 난 너 때문에 힘들었지만 넌 행복했으면
좋겠어. 그래야 나도 행복할 수 있으니까.

30,756번째 통화

해영아, 건강하고 아프지 말고 오래오래 살자. 짧고 굵게
산다느니 그런 소리 하지 말고, 나랑 오래오래 친구하자.
팔십 살 생일선물 틀니로 줄게.

76,882번째 통화

엄마 : 율아 엊그제 엄마가 화내서 미안해.
엄마가 이제 밥 조금 느리게 먹어도 화 안낼게.
아이 : 엄마 사랑해요.

43,376번째 통화

그냥. 대학에 대한 미련을 버릴 수 있을 거라 생각했는데, 계속 미련을 못 버리는 내가 너무 한심해서. 아직도 입시를 놓지 못하는 게, 대학 별거 아니라고, 아니라고 하는데도 그냥 그게 만나는 사람이 달라지니까 많이 느껴지더라고.

내가 정말 원했던 대학을 갔더라면 지금은 그래도 더 좋은 사람들 많이 만나서 대학 생활을 좀 더 누리지 않았을까 싶은데. 이제 졸업하면 내가 하고 싶은 대로 하고 살면서 다른 곳에서 다른 인연을 쌓아가야지. 재수, 삼수하면서 진짜 많이 힘들었는데, 뭐 누구한테 말할 일도 없었고. 근데 그 시간만큼 또 내가 성숙해진 계기가 됐으니까. 고생했어. 비록 입시를 놓은 지 3년이 지났지만, 이제 이 전화를 끝으로 입시에 대한 미련은 버리자. 수고했어.

50,742번째 통화

가끔 정말 너무 사무치게 외로워요. 근데 아무한테도 털어놓을
수 없어요. 왜냐면 다들 너무 작은 문제라고 생각해서. 제가
말하면 되게 가볍게 듣더라고요. 어떤 사람이랑 대화를 해도
그 당시에는 즐겁지만, 동시에 공허한 기분이 들어요. 그래서
너무 외로워요. 엄마 아빠는 기대하시는 바가 있으니까 차마
얘기하지 못하겠고, 친구한테는 멋져 보이고 싶으니까 얘기하지
못하고. 아무한테도 얘기하지 못하는 외로움이라는 게 너무
무거운 것 같아요.

1,699번째 통화

미래의 남자친구야! 나 스물다섯 살 끝날 때까지 안 나타나다니
너무한 거 아니니? 내가 스물여섯 살이 되면 공부 먼저 하고
시험 잘 볼 테니까 스물일곱 살에는 꼭 나타나길 바란다. 정말
착하고 좋은 사람으로 내 옆에 있어줘. 나중에 만나.

47,008번째 통화

사랑합니다. 오늘도 수고했어요. 아무것도 하지 않아도
고생하셨습니다.

67,223번째 통화

친엄마가 보고 싶은데 찾아가야 할지 말아야 할지 모르겠어.
언젠가 한 5, 6년 지나서 엄마 보러 갈 거니까 그땐 웃으며
만났으면 좋겠어.

15,301번째 통화

나는 처음으로 정신병원에 가봤고, 우울증으로 1년 동안
고생하고 있어. 가끔은 그냥 뛰쳐나가서 길을 걷다가 갑자기
"나는 정신병원을 다니고 있는 사람이야"라고 소리 지르고
싶은 적이 많았다. 정말 죄송한 건 우리 엄마 아빠다. 딸이
정신병원을 다니고 우울증 약을 먹고, 한 번도 순탄하지 못했던
학교생활을 지켜본 우리 엄마 아빠의 맘은 어떨까. 대못이
박혔을 것이다. 엄마 아빠는 분명 부족함 없는 사랑을 주신 게
맞는데 무엇이 문제였을까 항상 고민해본다.

55,505번째 통화

이거 진짜 말하기 힘들다. 소개받은 여자가 나랑 되게 비슷하게
생겼더라고. 뭐 우연의 일치일 수도 있겠지만 웃겨.

358번째 통화

남편, 우리가 지금, 애가 우네. 응 맞아. 나 지금 준서랑 있어.
나도 남편이랑 너무 관계가 힘든데, 우리 남편은 아무 일 없듯이
그냥 그렇게 지내고 있네. 어떤 말부터 어떻게 풀어가야 될지도
모르겠고, 애기가 계속 우네. 늘 이런 식으로 준서가 먼저여서
우리 이야기를 못 하네.

13,398번째 통화

여보, 우리 남편 잘 계시죠. 나 다리 수술 너무 잘됐어요.
당신이 맨날 보고 싶지만은 참고 즐겁게 지내려고 하고 있어요.
사위들도 잘 있어요. 우리 자식들 다 잘 있으니까
마음 편히 지내요.

2,603번째 통화

퇴사해도 나는 부모님의 자랑스러운 딸이죠?

늘 불안한 내 삶이라 여기고 버텨왔으나, 정작 그 불안함의
출구는 없는 것 같더라고요. 그냥 불안할래요.

내가 엄마 아빠 딸이 아니라는 것도 괜찮고, 지금까지 너무
이쁘게 잘 키워줘서 감사하고 행복해. 그래서 난 엄마 아빠가
안 힘들었으면 좋겠고, 아프지 않았으면 좋겠고, 내 걱정은
안 했으면 좋겠어. 남들한테 입양아라는 게 동정심을 받을 수
있기도 하고 좀 다른 사람이 되는 듯한 기분도 있어서 말은 못
하지만, 그래도 난 엄마 아빠가 지금까지 그 어떤 엄마
아빠보다 더 많은 걸 해줬으니까 너무너무 사랑해요.

12,108번째 통화

뭔가 말을 하려고 하면 목이 딱 막힌 것만 같고
코끝이 찡하고 눈앞이 뿌옇고.

33,022번째 통화

제 딸이 태어났습니다. 사람들에게 자랑하고 싶을 정도로 예쁜
딸이지만 남들 앞에서는 그런 표현하는 게 어렵네요. 아이를
키워보니 알겠어요. 제 부모님이 어떤 마음으로 절 낳으시고
키우셨는지. 오늘 하루도 아이에게 감사함을, 저희 부모님에게
미안함을 전합니다.

71,196번째 통화

그냥 나에게 미안해. 정말 미안해.

76,550번째 통화

저는 저의 비밀 이야기를 하려고 합니다. 정말 친한 친구한테도 숨겼던 건데, 저는 스물다섯 살이고요. 25년 동안 한 번도 연애를 해보지 못했습니다. 썸도 정말 손가락에 꼽을 정도로 거의 없고요. 내년이면 스물여섯 살인데 아직까지 한 번도 없다고 하면 조금 이상하게 바라볼까요? 솔직하게 말하면 창피해서 친구들이 물어보면 그냥 대답을 피합니다. 그렇게 하면 괜히 있어 보이기라도 하는 척이 되니까… 근데 솔직히 말하면 없거든요. 남자분이시면 가까운 곳에 있을 수 있으니까 저 잘 봐주시고요, 여자분이시면 그냥 토닥토닥해주세요.

585번째 통화

제가 꿈이 정말 많은데 우주도 한번 가보고 싶어요. 무엇보다 내가 누군가의 행복이 되면 정말 좋을 거 같아요.

50,756번째 통화

338

어릴 때 아무것도 모를 때, 엄마 우울한 감정을 섞어서 야단치고
잘 돌봐주지 못했던 거 너무너무 미안해. 나도 잘 몰랐으니까
용서해주길 바랄게. 앞으로는 많이 이해하고 사랑하며 살자.

32,293번째 통화

정말 보고 싶은데, 나 괜찮으니까 마음 쓰지 말고 편하게
지내라고 얘기하고 싶었는데. 애들도 이제 이해하고 있고 잘
자라고 있어. 당신 그리워하고 자랑스러워하고 있어. 우리
걱정하지 말고 편안하게 잘 지내. 나도 애들이랑 씩씩하게 살게.
사랑해.

43,809번째 통화

딸, 너 스스로도 잘 하겠지만 책임지기가 너무 힘들면
엄마한테 얘기해.

49,009번째 통화

하늘이 파랗다. 길이 이쁘다.
자주 했던 말인데 이제 나도 모르게 안 하게 됐더라.

86,305번째 통화

죄송해요. 역시 말 못 할 것 같아요.

2,022번째 통화

누군가 쏘아 올린 주파수가
당신의 마음에 닿기를

전시장에 설치된 공중전화기에 이야기를 남기거나, 전화번호 1522-2290에 전화를 걸면, 데이터 서버에 목소리가 차곡차곡 저장된다. 적게는 십여 통, 많게는 수백 통. 전시가 없을 때에도 매일 부재중 통화가 남겨진다. 이렇게 들어온 이야기들을 정기적으로 데이터화하는 작업을 3년째 해오고 있다. 전화로 녹음된 데다 워낙 속삭이듯 남겨진 내용이 많아 최대한 귀 기울여 들어야 한다.

작업은 크게 두 단계로 진행된다. 첫 번째는 저장된 통화 원본을 하나씩 들으며 텍스트화하는 일이다. 날짜, 나이, 성별, 대상 등의 분류작업을 거쳐 저장된다. 두 번째 단계는 음질이 괜찮고 진정성이 높은 이야기들을 선별하는 작업인데, 이 음성들은 전시장에서 사람들에게 전달된다.

보통 한두 달에 한 번 이 작업을 진행하지만, 새벽 3시의 라디오 디제이가 사연을 들어보듯, 방금 들어온 따끈한 이야기를 몇 개씩 들어볼 때가 있다. 한밤중에 들어온 단골인 것 같은 익숙한 목소리, 어떤 통화는 하염없이 울어서 이야기가 도통 들리지 않는 경우도 있다.

어떤 사람들은 묻는다. 이런 이야기들을 듣는 게 힘들지 않냐고. 솔직히 이야기하면, 그 이야기를 마주하는 순간의 나는 평상시와는 조금 다른 사람이 되는 것 같다. 목소리만으로 마주한다는 거리가 확보되어서인지, 참여해주었다는 감사함 때문인지. 작업 앞에서의 나는 조금 더 초연하고 포용적인 마음을 가진 사람이 된다. 나뿐만은 아닐 것이다. 전시회에서 수화기를 들어본 이들은 모두 공감할거라 생각한다. 알 수 없는 누군가가 아무런 보호장치 없이 자신의 깊은 속내를 드러내고 있는데, 누가 어떤 말을 덧붙일 수 있을까. 그저 들어줄 뿐이다.

오히려 이런 이야기들을 들을 수 있음에 감사하다. 한 꺼풀 벗긴 진심 가득한 이야기들을 마주할 수 있다는 건 얼마나 의미 있는 일인가. 자신의 있는 그대로를 보여준 낯선 이에게서 알 수 없는 친밀감이 느껴진다. 물론 어떨 때는 한동안 작업을 쉬기도 한다. 살다 보면 무언가를 들어줄 여력이 없는 순간들도 오기 마련이니까. 될 수 있으면 내 마음이 열리고 좋은 에너지일 때 사람들의 목소리와 만나려고 한다.

지금 같아선 오래오래 〈세상의 끝과 부재중 통화〉를 이어가고 싶다. 수많은 울림의 순간들이 빼곡한 이 여정을 깊고 은근하게 아끼고 있다. 누군가 왜 이 작업을 하느냐고 묻는다면 "죽을 때 후회가 없을 것 같아서"라는 대답을 하고 싶다. 이 작업 덕분에 내가 나로 살아가는 느낌, 가장 순도 높고 행복한 경험을 할 수 있음에 감사하다.

✳

한눈에 파악할 수 없을 만큼 이야기 양이 많아질 무렵, 이 거대한 클라우드를 분석해보고 싶다는 생각이 들었다. 현미경으로 들여다본 듯한 가장 내밀한 이야기들. 그것을 먼 우주에서 바라보면 과연 '부재중 통화'라는 은하수는 어떤 모양을 하고 있을까? 총 10만 통의 이야기 중 유의미한 내러티브가 있는 약 1만 1천 개의 데이터를 선별해 인공지능 전문기업°에 데이터 분석을 의뢰했다.

총 10만 통의 부재중 통화에서 가장 많이 언급된 단어°°를 순서대로 나열해보면 사랑, 행복, 엄마, 사람, 미안, 아빠, 힘듦, 생각, 친구, 고마움 등이 상위에 나타났다. 오른쪽 이미지는 이를 한 장으로 표현한 워드 클라우드이다.

○ 데이터 분석은 인공지능 전문기업 (주)아크릴의 도움을 받아 '조나단 AI 플랫폼'을 활용해 진행되었다.

○○ 키워드 분석은 TF-IDF *Term Frequency-Inverse Document Frequency* 방식을 활용해 진행되었다.

또한 어떤 대상에게 가장 많은 이야기가 남겨졌는지를 보면, 불특정한 누군가에게 남겨진 말(36%)이 가장 많았고, 혼잣말과 스스로에게 하는 독백(27%)이 다음으로 많았다. 이것은 무엇보다도 자신의 이야기를 누군가에게 털어놓고 그것을 흘려보내고 픈 욕구가 많았던 것으로 해석된다. 다음은 헤어진 연인(8.3%), 엄마(6.8%), 현재 연인(5.6%), 아빠(4.7%), 친구(4.6%) 순으로 나타나는데, 물리적 거리보다는 정서적 애착을 맺고 있는 관계에 많은 이야기가 남겨진 것을 알 수 있다. 사람들이 남긴 '하지 못한 말' 속에 내포된 상위 감정을 살펴보면 바람(16.4%)이 가장 많았고, 슬픔(9%), 괴로움(6.4%), 안타까움(5.9%), 미안함(4.3%), 싫음(3.9%) 등의 부정적 감정이 사랑(6.4%), 고마움(5.3%) 등 긍정적 감정보다 더 많이 분포되어 있었다. 우리가 어떤 감정들을 흘려보내지 못하고 가슴에 묻고 사는지 엿볼 수 있는 부분이다. 이외에도 빅데이터를 통해 다양한 인사이트를 발견할 수 있었는데, 추후 전시 및 SNS를 통해 계속 공유할 예정이다.

＊

3백 통, 5천 통, 10만 통. 점점 쌓여가는 이야기들을 정리하는 건 사실 만만치 않은 작업이었다. 하지만 나를 사로잡았던 것은, 이 이야기들은 어디에서도 들을 수 없는 너무 귀한 목소리라는 것이었다. 살다 보면 바로 옆 사람의 속마음도 알기 힘든데 동시대를 살아가는 10만 명의 마음속 이야기를 들을 수 있으니 말이다. 삶의 속살을 담은 이야기들을 마치 사진 찍어 보관하듯 잘 기록하여 모두에게 공유하고 싶었다. 하지만 선뜻 정리할 엄두가 나지 않았는데 전시회에 오신 관람객 중 한 분이 이 여정을 책으로 출판하면 어떻겠냐는 제안을 주셨고, 감사한 기회라 생각해 작업을 마무리할 수 있었다. 전화기를 통해 전했던 목소리들을 책이라는 바구니에 담아 세상에 띄워본다.

무엇보다 자신의 '하지 못한 말'을 들려준 분들에게 고마움을 전한다. 돌이켜보면, 인생에서 가장 힘들었을 때 진정 위로가 되었던 건 "괜찮아, 힘내"라는 말이 아니라, 이 세상에 나와 비슷한 아픔을 가진 누군가가 있다는 사실을 알게 된 순간이었다. 전화기에 대고 자신의 이야기를 꺼낸 사람들은 그 자체로 이 세상의 누군가에게 선물을 전하고 있는 게 아닐까? 그들이 쏘아 올린 주파수가 누군가의 마음에 닿아 공명하길 바란다.

.